오사카 게이키치
미스터리 소설선

침입자

이현욱
장인주
하진수
한진아
옮김

위북

차
례

탄굴귀

坑鬼

1

　무로(室生)곶 끄트머리, 황폐한 잿빛 산속에는 오래전부터 가업으로 이어온 주에쓰탄광회사의 다키구치탄광이 있다. 이곳은 최근 2~3년간 눈에 띄게 채굴량이 늘어, 150미터 지하에 펼쳐진 검은 촉수의 끝은 이미 바다 밑바닥까지 400미터만 남겨두고 있다. 매장량 600만 톤의 탄광으로, 회사 사업의 태반은 이 탄굴 하나에 집중되어, 사람도 기계도 한데 처박혀 긴장이 흐르는 속에서 고된 채굴작업이 밤낮으로 계속되고 있다. 하지만 바다 밑바닥의 지하에 있는 탄굴은 그 위험성이 지옥을 한 발짝 앞둔 것과 같다. 사업이 번창할수록 땅 아래의 공허(空虛)는 커졌고, 위험성은 부정할 수 없이 높아졌다. 사람들은 지옥을 가리고 있는 그 얇은 생명의 땅껍질을 하나

둘 떼어냈다.

이처럼 거의 광기에 가까운 세계에 처음으로 고개를 끄덕일 만큼의 이변이 다키구치탄광을 광포하고 기괴한 형상으로 덮친 것은 4월에 갓 접어든 어느 추운 날이었다. 지상에는 계절의 흔적이, 여러 산이 이루는 습곡에는 흰 눈이 깊이 남아 있고, 살을 에는 북국의 바닷바람이 종일 음침하게 휘몰아쳤으나 150미터 지하는 격심한 지열로 더위에 숨이 콱콱 막혔다. 그곳에는 실오라기 하나 걸치지 않은 맨몸의 세계가 펼쳐져 있다. 어둠 속에서 배꼽까지 시커멓게 흙투성이가 된 채 곡괭이를 어깨에 짊어진 사내가 눈만 번뜩이며 지나가는가 하면, 허리에 잔무늬 손수건을 두른 맨몸의 여자가 석탄차를 밀며 물고기처럼 몸을 구불거리면서 날래게 툭 뛰어나오곤 한다.

미네키치와 오시나는 이런 거친 어둠의 세계에서 나고 맺어진 부부였다. 여느 채탄장이 그렇듯, 두 사람이 한 조가 되어 남자는 석탄 캐는 역할을, 여자는 운반하는 역할을 맡았다. 젊은 두 사람은 둘만의 채탄장이 있었다. 그곳에서는 소장의 시선을 가려주는 어둠이 언제나 두 사람을 꿀처럼 감싸주었다. 하지만 지하 세계는 예외를 인정하지 않았고, 두 사람의 행복도 오래가지 못했다.

그것은 흘러 내려오는 지하수의 안개를 머금어 차가워진 바람이, 이상하리만큼 탄굴 밑바닥까지 불어오던 아침의 일이었다.

두 번째 전표를 받은 오시나는 적재소 바닥에 빈 채로 내려온 석탄차를 잡아타고 그대로 긴 탄굴을 따라 부부의 채탄장으로 돌아갔다. 탄굴은 이른바 까맣게 살아 있는 지하도시다. 두 개의 수직갱도(垂直坑道, 광산이나 탄광에서 수직으로 파 내려간 갱도)로 지상과 연결된 밝은색 벽돌의 광장에는 펌프와 통풍기의 엔진 소리가 끊이질 않고, 여기에 기사가 T자형 자로 계측하는 소리, 감독의 우렁찬 웃음소리까지 얽혀 까만 도시의 심장이 제멋대로 날뛴다. 수직갱도에서 굵게 뻗어 나온 하나의 수평갱도(水平坑道, 광산이나 탄광에서 수평으로 파 내려간 갱도)는 도시계획 도로와 같다. 좌우 여러 갈래로 열리는 편반갱도(片盤坑道, 경사갱도, 수직갱도에서 분기되어 탄층의 하반 측에 탄층 방향대로 거의 평행하게 굴착되는 수평갱도)는 동서(東西)로 갈라지는 간선도로에 해당하고, 각각의 편반갱도에 설치된 빗살 모양의 채탄굴은 남북(南北)으로 갈라지는 지선도로에 해당한다. 간선도로에서 지선도로로 몇 차례의 전환 지점을 지나며 부부의 채탄장이 가까워질

수록 오시나의 발걸음은 점점 가벼워졌다.

편반갱도를 지나는 도중에 순찰 중인 듯한 감독과 기사를 만났을 뿐, 회사 사람들과 부딪히지 않은 오시나는 마지막 지점을 지나 급커브를 꺾어 부부의 채탄장에 뛰어들었다.

어두운 갱도에는 언제나처럼 기다리고 있는 미네키치가 있었다. 오시나는 석탄차의 뒤꽁무니를 걸어차듯 팽개치고는, 빠르게 다가오는 석탄차를 확 비켜서서 떡 버티고 선 남자의 품속으로 와락 몸을 던졌다. 그녀는 그의 품에 안긴 채 꿈꾸는 듯한 기분으로 어둠을 향해 멀어져가는 빈 석탄차를 바라보았다. 석탄차의 꽁무니에 매달아놓은 안전등의 어슴푸레한 빛이 흔들리며 사라졌다.

정말이지 꿈을 꾸는 듯한 기분이었다. 그 당시의 상황은 나중에 몇 번이나 진술하고, 그녀 스스로도 몇 번이나 회상했는데, 머릿속에 생생히 새겨져 있으면서도 꿈속 장면처럼 아련한 사건이었다.

그때 오시나의 안전등은 어둠 속에 부둥켜안은 두 사람을 남겨두고 석탄차의 아래쪽을 희미하게 비추며 흔들흔들 멀어져, 순식간에 안쪽 채탄장 근처까지 갔다. 그런데 그쪽 레일 위에 곡괭이라도 굴러들었는지 끽끽 날카로운 소리가 나더니 석탄차가 심하게 흔들렸고, 아차 하는 순간 안전등이 걸어둔 못에서 튕겨 나가 레일 위로 굴러떨어졌다.

다키구치탄광에서 광부들에게 배급하는 안전등은 여느 탄광과 마찬가지로 독일 울프사의 안전등이었다. 울프사의 안전등은 불꽃이 멋대로 튈 위험을 방지하기 위해 수직갱도 입구 초소의 파수꾼이 소지한 자석이 없으면 개폐할 수 없게 되어 있다. 그래도 부주의하게 비스듬히 놓거나 자칫 파손되기라도 하면 안전을 보장할 수 없다.

불행은 막을 도리가 없는 것인지, 오시나의 안전등은 석탄차의 뒤꽁무니에 매달려 있었고, 빈 석탄차는 멈추지 않고 달렸기 때문에 후미의 공기 흐름이 흐트러져 지금껏 땅에 침적되어 있던 미세한 가연성 석탄가루가 갑자기 격렬히 건혔다. 전혀 연관 없던 모든 것이 그 순간 악조건을 갖추어버렸고, 안전등은 두 사람의 행복이었던 채탄장에 돌연 예기치 못한 대사건을 일으키고 말았다.

그녀는 순간적으로 눈앞에서 100개의 마그네슘에 불이 붙은 줄 알았다. 소리보다도 먼저 엄청난 기압이 귀, 얼굴, 몸을 강타했다. 무수한 자갈과 흙 같은 것이 얼굴과 몸 여기저기에 부딪히는 걸 느끼면서 저도 모르게 중심을 잃고 비틀거렸다. 순식간에 불꽃이 사방에 옮겨붙었을 채탄장이 눈에 그려지자, 여자는 정신없이 편반갱도 입구 쪽으로 달렸다. 불현듯 '미네키치는 어떻게 됐지?'라는 생각이 떠올라 홱 돌아보니, 남자도 새빨간 불꽃을 뒤로하고 달려오는 실루엣이 보였다. 석탄 덩어리에 옮겨붙은 불꽃이 온천지의 석탄가루에 차례로 번지면서 불길은 걷잡을 수 없게 됐다. 오시나는 등 뒤로 이어지는 남자의 흐트러진 발소리와 환한 불길 때문에 눈앞의 지면에 생긴 두 사람의 그림자에 조금은 안도하며 정신없이 달렸다. 레일의 침목(선로 아래에 까는 나무나 콘크리트로 된 토막)에라도 걸려 넘어졌는지, 갑자기 뒤쪽의 그림자가 훅 쓰러졌다. 눈앞에 편반갱도의 전깃불이 보였다.

그러나 오시나가 전깃불 아래로 굴러 넘어졌을 때 최초의 비극이 일어났다. 편반갱도로 탈출한 오시나가 복잡한 레일 포인트에 걸려 넘어져서 뒤를 돌아보았을 때, 이미 폭음을 듣고 달려온 감독이 방금 그녀가 빠져나온 채탄장 입구의 철로 된 방화문을 내려 막아버린 것이다. 간발의 차로 방화문이 내려오기 전에 넘어온 오시나는 안도의 숨을 내쉬며 주위를 둘러보았고, 그제야 비로소 무서운 사실을 깨달았다. 그녀의 소중한 사람이, 남편 미네키치가 아직 빠져나오지 못했다. 오시나는 벌떡 일어나 방화문의 빗장을 거는 감독의 팔을 붙들고 말렸다. 감독의 손바닥이 그녀의 뺨에 작렬했다.

"무슨 짓이야! 불이 옮겨붙으면 끝장이야!"

감독이 고함쳤다. 오시나는 자신과 한 걸음 차이로 빠져나오지 못한 미네키치가 견고한 철문 너머 불길 속에서 이리저리 뒹굴 모습을 상상하니 미칠 것만 같았다. 그녀는 아무 말 없이 다시 한 번 미친 듯이 발악했다.

하지만 곧바로 뛰어온 기사의 손에 의해 갱도 위로 내동댕이쳐졌다. 뒤이어 인부가 달려오자 감독은 방화문 틈새에 바를 점토를 가지러 달려갔다. 이 세계에서는 불이 났을 때 한두 사람의 목숨이 희생되는 것보다는 다른 탄굴로 옮겨붙는 것을 더 두려워하는 법이다. 이는 지금이나 예전이나 변함없는 탄굴의 관습이다.

불이 난 탄굴 앞에 석탄을 캐던 남자와 여자가 몰려들었다. 모두 벌거벗은 채 웅성웅성 떠들어댔다. 기사들만이 코르덴 바지를 입고 있었다. 광기에 사로잡혀 기사와 인부에게 밀쳐지는 오시나를 보고서야, 사람들은 이 자리에 미네키치가 없음을 알았고, 금세 어떤 사태가 벌어졌는지 깨닫고는 안색이 창백해졌다.

나이 많은 남자와 여자가 뛰어왔다. 바로 옆 채탄장에 있던 미네키치의 부모였다. 미네키치의 아버지는 기사에게 사정없이 한 대 얻어맞은 이후로는 그 자리에 주저앉아 넋을 놓아버렸다. 미네키치의 어머니는 갑자기 정신이 나간 듯 낄낄 웃기 시작했다. 레일 위에 내동댕이쳐진 채 상심에 빠져 있는 오시나를 한 광부가 끌어안았다. 부모를 여읜 오시나의 유일한 혈육인 오빠 이와타로였다.

이와타로는 기사와 감독을 증오에 찬 시선으로 쏘아보며 그녀를 안아 일으켜 웅성거리며 모여 있는 사람들에게로 향했다.

감독이 대나무발에 점토를 넣어 가지고 왔다. 이어서 두 명의 광부도 무거운 대나무 발을 둘러메고 왔다. 인부는 서둘러 흙손(이긴 흙이나 시멘트 따위를 떠서 바르고 그 표면을 반반하게 하는 연장)으로 점토를 발라 철문 틈새를 메우기 시작했다.

사고 소식을 접한 다른 채탄장의 소장들도 탄굴 내부를 맡은 계장과 함께 현장에 달려왔다. 그러자 기사와 감독은 인부의 도포작업을 지휘하면서 소란 피우는 사람들을 쫓았다.

"채탄장으로 돌아가! 다들 어서 일해!"

감독의 고함에 사람들은 내려놓았던 석탄차를 다시 밀거나 곡괭이를 잡으며 마지못해 자리를 떴다. 흥분된 무리를 쫓아버리고 나서야, 철문 앞에 남은 사람들의 얼굴에 안도하는 빛이 떠올랐다.

희생은 탄굴 하나에 그쳤다. 게다가 이렇게 봉해버리면 그 하나의 탄굴조차 곧 산소가 끊겨 불길이 진화된다. 채탄굴은 이른바 석탄층 내에 옆으로 뚫린 우물과 같아서 철문이 닫힌 입구 외에는 개미 한 마리 기어 나올 구멍조차 없다.

도포작업이 완료되었다. 이때가 정확히 오전 10시 30분이었으니 발화 시간은 오전 10시경이었을 것이다. 하지만 도포작업이 끝났을 때는 이미 불이 난 탄굴 내부에 완전히 불이 번진 것 같았다. 열전도에 민감한 철문은 소리 없이 달구어져서, 주변에 있던 사람들의 피부가 열기로 후끈 달아오를 정도였다. 틈새에 바른 점토 또한 달아오르는 열기로 인해 얇은 곳부터 점점 마르더니 색이 변하면서 마치 작고 무수한 도마뱀붙이가 타고 올라가는 것처럼 불규칙한 분열이 일었다.

인부도 기사도 감독도 동시에 섬뜩한 기분이 들어 인상을 찌푸렸다. 이윽고 급보를 듣고 달려온 청원순경이 사무원의 안내로 현장에 도착했다. 탄굴 내부를 통솔하는 계장은 언짢은 듯 침을 뱉고는, 순경을 데리고 광장 사무소로 갔다. 소장들도 그때까지 주저앉아 넋 놓고 있던 미네키치의 아버지를 일으켜 함께 광장 사무소로 향했다.

감독은 자리를 뜨며 인부에게 뒷정리를 시켰다. 이제 진화될 때까지 불이 난 탄굴에 볼 일은 없다. 아니, 무엇보다도 일순위로 취할 조치는 끝났다.

화재 진압은 기사의 판단에 맡겨졌다. 모든 탄굴에는 통풍용 굵은 철관이 하나씩 꽂혀 있다. 혼자 남은 기사는 철문 상단 틈에 잔뜩 도포된 점토를 뚫고 나와, 편반갱도에 있는 한층 더 두꺼운 철관으로 합류하는 발화 탄굴의 통풍관을 절단해버렸다. 그리고 그 철관의 잘린 구멍에서 거센 압력으로 배출되는 가스를 점검했다.

때때로 광부들이 석탄차를 밀며 레일 위를 덜컹덜컹 지나갔다. 좀 전의 소란과 대조되게 편반갱도는 갑자기 침묵에 휩싸였고, 어둠 저편에서 미네키치 어머니의 광기 서린 웃음소리가 낄낄낄 하고 수증기처럼 터져나왔다.

검은 지하도시의 현관이라 할 수 있는 탄굴 광장은 이미 평상시의 고요함을 되찾았다. 다키구치탄광은 이번 여름까지 10만 톤의 채굴을 해야 한다. 사소한 재해 때문에 전반적인 기능이 지체되는 것은 1분도 허용되지 않았다. 어둠 속에서 소장들의 눈이 빛나고, 석탄차도 승강기도 펌프도 환풍기도 한층 더 을씨년스러운 고요함 속에 움직였다. 그러나 사무소 분위기는 사뭇 달랐는데, 계장은 몹시 언짢은 표정이었다.

계장은 발화 후 어수선한 20분간 몇 대의 석탄차가 편반갱도에 멈추고, 몇 명의 광부가 곡괭이를 손에서 놓았는지를 먼저 계산했다. 그다음은 불이 난 탄굴 내부에 몇 톤의 석탄이 불탔느냐인데, 이것은 미지수다. 현장 검사가 나오기 전까지는 어림짐작도 할 수 없었다. 사무직원 한 명이 진화 상태를 조사하러 현장으로 향했다. 또 계장은 발생한 손해의 직접적인 책임을 누구에게 물어야 하는지, 발화 원인을 조사해야 한다. 다른 사무직원에게 탈출한 여자를 데려오라고 명령한 계장은 옆에 서 있는 청원순경을 향해 마치 광산의 총책임자마냥 거드름을 피우며 처음으로 말을 걸었다.

"아, 별일 아닙니다."

광부 한 명이 갇혀버린 정도의 일은 어쩌면 전혀 대수로운 일이 아닐지도 모른다. 그러나 대수로운 일이 바로 그때 일어났다. 조금 전 진화 상태를 알아보러 갔던 사무직원이 돌아와, 현장에 남아 검사하던 마루야마라는 기사가 누군가에게 살해당했다는 보고를 한 것이다.

2

기사의 시신은 방화문에서 조금 떨어진 편반갱도 구석으로 굴러가 있었다. 가스를 검사하던 중 피해를 입은 듯 보였고, 바로 앞 벽에는 분리된 발화 탄굴의 배기관이 천반(天盤, 갱도나 채굴 현장의 천장)의 갱목(받치는 통나무)에 철사로 매달려 있었으며, 발판 위에는 분석용 기구들이 난잡하게 놓여 있었다.

시신은 엎드려 죽어 있었고, 머리에서 흘러나온 검은 액체가 땅바닥에서 번쩍번쩍 빛나고 있었다. 커다란 상처가 뒤통수의 젖은 머리카락을 밤송이처럼 헤집어 입을 벌리고 있었다. 흉기는 곧 발견되었다. 시신 발치에서 조금 떨어진 곳에, 누름돌 크기의 모서리가 둥근 석탄 덩어리가 피에 젖어 검게 빛나며 뒹굴고 있었다. 그것을 발견한 계장은 입을 다물고 천반을 올려다보았다. 천장에서 떨어진 암석이 아니었다. 낙반이 아닌데도 이만한 상처를 냈다.

150미터 지하는 기압도 상당히 높았다. 가령 지상에서 300미터 높이에서 인간이 뛰어내린다 해도 시신은 대부분 원래 형상을 유지한다. 그러나 수직갱도에서 150미터 아래 바닥으로 인간이 떨어지면, 시신은 눈 뜨고 볼 수 없을 정도로 분쇄된다.

낙반이 무서운 이유도 그 때문이다. 살짝 떨어진 작은 파편이라도 자칫하면 인간의 손가락 정도는 달걀처럼 부숴버린다. 이를 알고 있는 사람들은 석탄 덩어리 하나가 충분히 흉기가 될 수 있음을 의심하지 않았다. 계장은 들어 올린 흉기를 얼른 내던지고, 창백한 얼굴로 감독을 바라보았다.

지금까지 굳은 채 서 있던 인부가 처음으로 말문을 열었다.

"저희 셋이 남고 잠시 후에 아사카와 씨가 순찰을 나가고, 저는 기구 놓아두는 장소에 흙손을 가져다 두러 간 사이에 이렇게 되었어요."

아사카와는 감독의 이름이다. 인부는 후루이라고 한

다. 두 사람 모두 발화 직후의 흥분이 가라앉기도 전에 이런 사건이 터져 심하게 당황한 나머지 평정을 잃은 듯 보였다. 평정심을 잃은 사람은 두 사람만이 아니었다. 평소 배짱이 두둑하다 자신하던 계장 역시 적잖이 당황했다.

불이 난 탄굴은 한 군데에 그쳤다. 그 문제의 탄굴 하나로 발생한 손해가 어느 정도인지 파악하기도 전에, 그 작업에 필요한 인력인 기사가 쥐도 새도 모르게 살해됐다. 탄굴 일에 잔뼈가 굵고 오랜 세월 그 일로 먹고살아온 계장은 사람이 죽었다는 것보다 기사가 죽었다는 사실에 누구보다도 당황했다.

그러나 이내 계장의 얼굴은 결단을 내린 듯 비장하게 바뀌었다.

"도대체 누가 죽였을까요? 용의자를 찾을 수나 있으려나?"

청원순경의 태평스러운 어조에 계장이 "용의자? 그런 건 벌써 정해졌어요."라고 짜증 섞인 어조로 말했다.

"이 발화 사건 말입니다. 한 명의 광부가 탈출이 늦어 불이 난 탄굴에 갇혔습니다. 안타깝지만 살릴 수 없었습니다. 그런데 방화문 도포작업을 앞장서서 한 사람이 마루야마 기사입니다. 그가 살해되었으니 용의자야 뻔합니다. 아니, 확실하지는 않다고 해도 대략 용의자 범위는 한정되어 있습니다."

"맞네. 계장 말이 맞아."

감독이 나서서 말했다.

회사 직속 특무기관 소속이며 가장 충실히 회사 이윤을 추구하는 감독은 현장의 우두머리인 계장의 지시를 따르지만, 기사 출신의 계장 못지않게 은근한 세력을 가지고 있다. 순경은 크게 고개를 끄덕였고 감독은 계속 말했다.

"게다가 요즘 세상에 생판 남의 죽음에 복수한답시고 살인을 저지르는 놈은 없으니까……. 미네키치라고 했던가? 그 채탄장의 광부 말이야."

사무직원이 고개를 끄덕이자 계장이 답했다.

"그 남자의 부모와 생존한 여자를 사무소로 데려와. 아, 그 여자의 오빠도 있지? 그 사람도 데려와."

"일단 미네키치 가족을 전부 조사하는 거군."

감독이 말했다.

순경과 사무직원이 허겁지겁 어둠 속으로 사라지자 계장은 봉쇄된 발화 탄굴의 철문 앞에 바싹 다가가 멈췄다.

밀폐한 게 효과가 있는지 이미 탄굴 내의 불길 진화는 상당히 진행된 듯했고, 철문 너머 근처는 거의 불이 꺼져 있었다. 하지만 성급히 개방했다가는 새로운 산소가 유입되어 기껏 꺼뜨린 불씨를 다시 살릴지도 모른다. 계장은 혀를 차며 감독에게 말했다.

"다테야마(立山)탄광의 기쿠치 기사를 불러주시겠소? 그리고 당신도 대충 순찰이 끝나면 사무소로 와주시오."

다테야마탄광은 산 하나를 사이에 두고 무로곳 중단에 있는 같은 회사 소속의 탄광이다. 그곳에 며칠 전부터 나가 있는 기쿠치 기사는 각 탄광의 전속 기사와 별개로, 다키구치탄광과 다테야마탄광 양쪽을 수시로 도맡아 책임지고 있어서 사실상 기사들의 장(長)이라 할 수 있다. 감독은 때마침 도착한 석탄차에 올라타 어둠 속으로 사라졌다.

사람들이 흩어지자 또다시 정적이 찾아왔다. 어둠 저편 수평갱도 쪽에서 미네키치 어머니의 웃음소리가 들리나 싶더니, 왁자지껄 떠드는 듯한 기척과 석탄차가 삐걱거리는 소리 등이 쉴 새 없이 들려왔다. 왼쪽 편반갱도의 소장이 거적을 가져와 계장의 지시대로 시신 위에 덮어씌웠다. 잘린 배기관 앞에 서서 살해된 기사가 하다 만

작업을 이것저것 만지작거리던 인부가 갑자기 몸을 일으키며 "계장님, 아무래도 유독 가스가 나올 것 같습니다." 하고 말했다. 계장은 "자네가 뭘 안다고?"라며 피식 웃었다.

"자세한 건 모르지만 나오는 냄새로 알 수 있습니다. 불길은 거의 다 꺼진 것 같은데, 그을은 탓에 유독 가스가 나오는 것 같습니다."

계장이 철관 가까이 다가갔다가 얼굴을 팍 찌푸리며 떼고는 말했다.

"음, 이거……, 편반갱도 철관으로 연결해서 가스를 팍팍 빼내야겠어. 자네 말이 맞아. 냄새로 알겠어. 자네가 수시로 들여다보면서 가스 배출 과정을 확인하게. 나는 이제 광부를 조사하러 가야겠어. 조만간 기쿠치 기사도 도착하겠지."

인부는 철관 연결 작업에 착수했다. 계장은 인부를 남겨두고 자리를 떴다.

광장 사무소에는 네 명의 용의자가 순경과 세 명의 소장의 감시 아래 앉아 있었다.

오시나는 어느새 잠옷으로 갈아입고 산발한 머리로 얼굴을 가리듯 벽에 기댄 채로 씩씩거리며 어깨로 숨을 쉬고 있었다. 오빠 이와타로는 얼굴과 가슴이 진흙으로 더럽혀진 채로 명치께가 들쑥날쑥하게 날숨을 내뱉으며 사무소로 들어오는 계장을 노려보았다.

미네키치의 아버지는 죽은 생선 같은 눈으로 꼼짝하지 않고 한 곳을 응시하고 있었고, 미네키치의 어머니는 소장 팔에 붙잡힌 채 때때로 비틀린 웃음을 내뱉으며 가만있지 못했다.

계장은 네 사람의 중앙에 서서 말없이 용의자들을 둘러보았다.

"미네키치의 가족은 여기 네 명이 전분가?"

"네. 다른 사람들은 생판 남입니다."

소장 중 한 명이 답했다.

사무소는 여러 개의 방으로 나뉘어 있었다. 계장은 소장에게 용의자를 한 명씩 데리고 들어가라고 명령하고, 순경과 둘이서 옆방에 들어가 덜컹거리는 의자에 걸터앉아 진을 차렸다.

첫 번째로 이와타로를 불러들였다.

계장은 잠깐 순경에게 눈짓한 후 이와타로 쪽으로 상체를 숙였다. 큰 소리로 뭐라고 할 것처럼 입을 벌렸다가 숨을 고르더니 이내 마음을 바꿔 비교적 부드럽게 말했다.

"아까 여동생을 데리고 어디로 갔지?"

"……."

"어디에 갔냐고!"

이와타로는 계장과 마주 앉은 채 시무룩한 얼굴로 조개처럼 입을 꾹 다물고 있었다.

순경이 당황하여 옆에서 참견했다.

"아, 그게 말입니다, 이 남자와 그 여자는 제가 헛간에서 데리고 왔는데요……."

헛간이란 수직갱도를 올라가 탄굴 밖의 광부 부락(部落)에 있는 거처를 말한다. 계장은 순경에게 답하지 않고 다시 이와타로에게 말했다.

"내가 묻고 싶은 건, 그때 네가 바로 헛간으로 갔냐는 거야."

그러자 이와타로가 드디어 얼굴을 들었다.

"곧바로 갔소."

이와타로가 퉁명스럽게 답했다.

"정말이지?"

계장의 목소리가 다급해졌다. 이와타로는 입을 다문 채 작게 고개를 끄덕였다.

"좋았어."

계장이 근처에 있던 소장을 돌아보며 말을 이었다.

"일단 이 남자는 그쪽 방에 머물게 하고 자네는 곧바로 수직갱도 파수꾼에게 가서 이 남자가 몇 시에 여자를 데리고 나갔는지 정확히 물어보고 오게."

소장은 서둘러 이와타로를 데리고 나갔다.

이번에는 오시나를 불러들였다. 여자가 의자에 앉자 순경이 계장에게 말했다.

"이 여자는 발화 원인에 대해서도 조사해야겠죠?"

계장은 말없이 고개를 끄덕이더니 여자에게 물었다.

"안전등에서 불이 시작되었지?"

"……"

"발화점은 안전등이지?"

오시나는 힘없이 고개를 끄덕였다.

"당신의 안전등이랑 당신 남편의 안전등 중에 어느 쪽이야?"

"제 안전등요."

"그럼 도대체 어쩌다 불이 났나? 자세히 말해봐."

오시나는 질문에 좀처럼 대답하지 못했다. 그러다 이내 뚝뚝 눈물을 흘리더니 고개를 숙인 채 소곤소곤 작은 목소리로 말을 꺼냈다. 오시나가 그때 일을 어떤 식으로 진술했는지를 다시 옮길 필요는 없다. 오시나의 진술은 앞에서 서술한 내용과 조금도 다르지 않았다.

여자가 진술을 마치자 계장은 자세를 고쳐 앉고는 입을 열었다.

"당신의 진술은 어차피 나중에 발화 현장에 가서 사실 여부를 조사해볼 거야. 그건 그렇고, 이건 다른 질문인데, 그때 오빠에게 안겨 헛간으로 돌아갔다는 게 사실이야?"

그러나 이 질문에 오시나가 답하기는 곤란했다. 오시나는 그때 너무도 공포에 질린 나머지 이와타로의 품에 안겨 함께 헛간으로 끌려갔는지를 제대로 기억하지 못할 것이다. 그러나 계장으로서는 오시나와 이와타로 모두 의심하지 않을 수 없었다. 계장은 오시나를 거듭 추궁했다.

그런데 이때 사무소 문이 열리고 좀 전에 나간 소장이 초소 파수꾼을 데리고 돌아왔다.

목 부근이 헐렁한 차이나칼라 양복을 입은 반백 머리의 파수꾼은 문간에서 슬쩍 이와타로와 오시나의 얼굴을 확인하더니 계장 앞에 와서 말했다.

"이 두 사람 말이죠? 예, 확실히 10시 20분에서 10시

30분 사이에 승강기를 통해 탄굴 밖으로 나갔습니다."

"뭐? 10시 30분 이전에 나갔다고?"

"예, 확실합니다. 그때쯤 탄굴 밖으로 나간 광부는 둘뿐이라 기억합니다."

"그렇군. 그럼 이곳으로 끌려오기 전까지는 단 한 번도 탄굴에 내려오지 않았소?"

"예, 확실합니다. 다른 파수꾼도 알 겁니다."

"그렇군. 알겠소."

파수꾼이 돌아가자 계장은 순경을 돌아보았다.

10시 30분 전이라니……. 불이 난 탄굴의 도포작업이 완료된 시각이 정확히 10시 30분이다. 그때 마루야마 기사는 살아 있었으니 10시 30분 전에 탄굴을 나간 이와타로와 오시나가 어찌 기사를 살해하겠는가. 이로써 용의자 4명 중 2명이 동시에 용의선상에서 벗어났다. 남은 건 2명이다.

계장은 이와타로와 오시나를 대기실에 남겨두고 미네키치의 아버지를 취조실로 불러들였다.

"자네는 그때 왼쪽 편반갱도의 소장에게 끌려갔지? 어디로 끌려갔었나?"

그러자 죽은 생선 같은 눈을 한 늙은 광부가 "소장님

에게 여쭤보시오."라고 말했다. 그가 말할 때마다 뱃가죽에 큰 가로 주름이 생겼다 없어졌다 했다.

왼쪽 편반갱도의 소장은 식당에서 점심을 먹다가 계장의 명령을 받고 곧바로 호출됐다.

"자네는 그때 불이 난 탄굴 앞에서 이 남자를 끌고 갔지? 어디로 데려갔나?"

"아, 이 영감님요?" 하고 소장이 웃으며 답했다. "그때 기력을 잃으셔서 몸을 가누지 못하시더라고요. 부축해서 의무실에 데려갔는데……. 아까 제가 거적을 가지러 의무실에 갔을 때 겨우 일어설 정도였지요. 간호사도 애먹는 것 같았어요."

"그렇군. 그럼 기력을 찾은 후에는 어디로 갔는지 모르겠군요."

순경이 끼어들더니 계장을 쳐다보며 말을 이었다.

"수상한데요? 저 남자가 편반갱도 입구에서 실성한 아내와 함께 어슬렁거리는 걸 붙잡아 제가 데려왔거든요. 의무실을 나와 지금까지 무엇을 했을지……."

"아니, 그 논리는 뭔가 맞지 않습니다."

여태껏 잠자코 있던 계장이 불쑥 나섰다.

"흠, 기력을 찾아 걸을 수 있게 되고 나서 붙잡혀 올 때까지 어디에 있었는지 알 수 없다……. 하지만…….”

계장이 소장을 향해 물었다.

“자네가 거적을 가지러 갔을 때만 해도 일어서지 못했다고 했지? 자네는 그 거적을 가져가 마루야마 기사의 시신에 덮어씌우려고 했지?”

“맞습니다.”

계장은 순경 쪽으로 고개를 돌려 말했다.

“마루야마 기사는 이 남자가 아직 의무실에서 몸을 가누지 못할 때 살해됐습니다. 이 남자가 불이 난 탄굴 앞에서 기력을 잃고 의무실에 들려갔다. 이후 기사가 살해당했고 소장이 시신에 덮어씌울 거적을 가지러 갔다. 그제야 이 남자는 기력을 찾아 일어설 수 있었다. 즉, 마루야마 기사가 살해당했을 때 이 남자는 아직 기력을 잃어 간호사의 치료를 받고 있었습니다. 몸을 가누지 못하는데 편반갱도까지 나가 살인을 하지는 못하지요. 자, 이것으로 범인이 나왔네요. 실성한 노파를 포박해주십시오.”

청원순경은 벌떡 일어나 옆방으로 쿵쾅쿵쾅 달려가 이와타로와 오시나가 보는 앞에서 다짜고짜 미네키치의 어머니를 묶으려 했다.

그런데 이때 참으로 이상한 일이 벌어졌다. 지금껏 자

신 있게 밀어붙이던 계장의 추리를 바닥부터 뒤엎어버리는 사건이었다.

미리 말하지만 살해당한 마루야마 기사는 평소 업무에 매우 엄격했다. 그 때문에 광부들은 그를 무서워했고, 간부들은 그를 공경하면서도 꺼려했다. 하지만 '죽여버리겠다'라는 개인적이고도 절박한 원한을 살 사람은 결코 아니었다. 이번 광부 밀폐 사건이 처음으로 그런 원한을 살 유일한 일이었다. 그래서 계장은 방화문 도포작업과 관련해 마루야마 기사에게 격렬한 앙심을 품을 만한 용의자 네 명을 끌어와 혐의가 풀렸든 아니든 사무소에 몰아넣고 순경과 소장들의 감시하에 조사를 진행했다. 이상한 사건을 맞닥뜨리기까지 누구 한 명 사무소를 벗어난 사람은 없었다.

그 사건은 미네키치의 어머니가 아들을 대신해 복수한 것으로 청원순경이 포박하려고 하던 그때 일어났다. 사무소 앞쪽에 소란스러운 인기척이 나더니 유리문이 벌컥 열리고 아사카와 감독이 뛰어 들어왔다. 그리고 사무소 안을 둘러볼 경황도 없이 숨을 헐떡이며 계장에게 말했다.

"인부 후루이가 살해당했어."

3

대체로 뱃사람이나 광부와 같이 월등히 거친 일을 하는 사람들의 마음속에는, 보통 사람은 도저히 상상할 수 없을 만큼 소심하고 겁이 많은 면이 있어서 쓸데없는 근심을 품는 사람이 많다. 뱃사람들이 항해를 앞두고 괴상한 미신을 믿는다든지, 괴이쩍을 정도로 바다를 신성시하는 것과 마찬가지로, 광부들 사이에도 미신이 있다. 탄굴 내에서 휘파람을 불면 산신의 화를 불러 낙반의 액을 만난다든가 탄굴 안에서 죽은 인간의 영혼은 언제까지나 그 자리에 남아 있어 나중에 화를 입힌다든가 하는 미신이다. 광부들의 이런 끈질긴 공포심을 가라앉히는 방법이 있는데, 탄굴 안이 피로 오염되었을 때 그 자리에 금줄(부정한 것의 침범이나 접근을 막기 위하여 문이나 길 어귀에 건너질러 매거나 신성한 대상물에 매는 새끼줄)을 쳐서 정화하는 것이다. 해괴한 일이 실제로 일어났는지 아닌지와 관계없이 이런 정화의식은 이미 관례로 자리 잡았다.

다키구치탄광의 편반갱도에는 오늘 그 금줄이 새하얗게 쳐져 있었다. 그 금줄로 정화되었을 방화문 앞에서 아이러니하게도 새로운 피가 한 번도 아니고 두 번이나 흘러내렸다. 편반갱도의 광부들은 어슴푸레한 전기불빛을 받으며, 폐쇄된 채탄장 방화문 앞에 나란히 놓인 두 시신을 멀찍이 둘러싸고 있었다. 예전과는 다르게 이상한 장면이었다.

인부의 시신은 거적으로 덮인 마루야마 기사의 시체 쪽으로 부등호(〈) 모양으로 휘어 있었다. 발돋움해서 가스 배출 상태를 검사하는 틈에 뒤에서 밀친 듯 보였다. 발판이 내동댕이쳐져 있었고 그 옆에 기사 때보다 더 큰 석탄 덩어리가 피범벅인 채로 나뒹굴고 있었다. 엎드린 채 쓰러졌을 때 범인이 위에서 덮쳐 힘껏 석탄 덩어리로 내리쳤으리라. 뒤통수에서 목덜미까지 큰 상처가 너덜너덜하게 나 있었고, 왼쪽 귀는 거의 형태가 없을 정도로 으스러져 있었다. 계장이 인부를 불이 난 탄굴 앞에 혼자 남겨두고 광장 사무실로 돌아가고, 다테야마탄광의 기쿠치 기사에게 연락하러 간 감독이 내친김에 점심까지 먹고 다시 순찰을 이어나가려던 사이에 살인이 일어난 것으로 보인다. 마루야마 기사 때와 마찬가지로, 범인은 현장에 석탄차가 오가지 않는 틈을 타 어둠 속에서 다가온 게 틀림없다.

계장은 백지장처럼 새하얗게 질려 초조한 기색으로 주위를 둘러보며 광부들을 해산시켰다.

인부는 기사와 같은 종류의 흉기로 살해당했다. 일치하는 것은 그것뿐만이 아니다. 인부도 기사와 마찬가지로 살해 동기가 될 만한 이유가 하나 있었다. 불이 난 탄굴을 봉할 때 마루야마 기사와 감독의 지시를 받고 직접 흙손으로 철문에 진흙을 발랐다. 다시 말해 미네키치의 생매장을 실행한 사람은 후루이 인부다. 범인은 말할 것도 없이 동일 인물이다. 탄굴에서 목숨을 잃은 미네키치의 펄펄 끓는 원한을 이어받아 냉혹하고 무자비하게 복수한 자이다.

그러나 계장의 사고는 철문처럼 단단한 벽에 막혀버렸다.

계장은 기사가 살해당했을 때 재빨리 사건의 진상을 파악해 미네키치의 복수를 할 만한 사람을 전부 붙잡아 조사에 착수했다. 그런데 그 네 명의 용의자를 조사하던 도중에 기사와 동일 수법으로 후루이 인부가 살해됐다. 네 명의 용의자는 인부가 살해됐을 때 붙잡힌 상태라 사무소에서 한 발짝도 나가지 않았다. 범인은 다른 사람일까? 하지만 우직하게 제 할 일 하기 바쁜 광부가 다른 이의 원한을 풀어주고자 연이어 회사 사람들을 죽인다고? 그런 신파극 등장인물 같은 미친놈이 현실에 있을 리 없다.

지금까지 식은 죽 먹기라고 생각했던 일이 뜻밖의 난관에 봉착하자 계장의 사고는 끊어진 연처럼 터무니없이 휘청거렸다.

사건의 실마리를 찾으려고 애쓰던 계장의 머릿속에 하나의 빛줄기가 비추었다. 하지만 그 빛줄기는 뭐라고 형용할 수 없는 도깨비불 같아서, 오히려 계장을 창백한 공포의 구렁텅이로 떨어뜨렸다.

다키구치탄광에서 사상자가 나오면 탄광 특유의 거친 검시는 언제나 의무실에서 이루어졌다. 갱도 곳곳에 전깃불이 들어온다고 해도 전구가 석탄가루로 얼룩져 빛이 어슴푸레한 데다, 석탄차가 오갈 정도로만 설계되어 비좁았기 때문이다. 또 그런 차질이 생겨 조금이라도 채

굴량이 저하되는 것을 우려해서 일단 의무실로 옮긴다.

의사가 채비를 마치고 의무실에 내려왔다는 소식을 듣고, 계장은 우선 두 시신을 의무실로 옮기기로 했다. 미리 세워둔 석탄차에 거적을 깐 후 시신을 싣고, 감독과 순경과 함께 그다음 석탄차에 올라타려 할 때였다.

젊은 광부 한 명이 안전등을 들고 편반갱도 안쪽에서 달려 나왔는데, 그의 손에는 불 꺼진 안전등이 하나 더 들려 있었다. 계장을 발견한 광부는 그 앞에 멈춰 굳은 표정으로 말했다.

"식수대 근처에서 안전등을 하나 주웠습니다."

"뭐? 안전등을 주웠다고?"

계장은 험악한 얼굴로 돌아보았다.

탄굴에서 안전등은 광부의 생명과 직결되기 때문에 항상 몸에 지녀야 한다. 그것은 단순히 어두운 발밑을 비추는 것뿐 아니라 그 불꽃의 변화를 보고 폭발가스의 유무를 알아내는 귀중한 도구이기도 했다. 그러나 앞에서도 언급했듯이 어떻게 취급하느냐에 따라 상당히 위험하므로 탄굴에서는 고유번호를 매겨 탄굴 입구 감시소에서 입장할 때마다 일일이 검사하고 있다. 그 안전등 중 하나가 소속 불명으로 굴러다닌다는 말에 계장의 얼굴이 순식간에 굳어졌다.

"몇 번이지?"

"H-121입니다."

"H-121?"

감독이 고개를 갸웃하며 외쳤다. 계장은 석탄차에서 뛰어내려 운반차를 몰려던 광부를 고갯짓으로 불러 말했다.

"초소로 가서 H-121 안전등 주인이 누구인지 당장 알아봐."

"이렇게 어수선한 때에 이런 칠칠치 못한 실수를 저지르다니……. 난감하네." 하고 혀를 차더니 젊은 광부를 향해 "도대체 어디서 주운 거야?"라고 물었다.

"식수대 바로 옆에 아무렇게나 놓여 있었습니다."

식수대라고는 하지만 천연 지하수를 물동이에 담아둔 것에 불과하다. 식수대는 편반갱도마다 탄굴의 막다른 지점에 있다. 편반갱도가 끝나는 지점에는 움막과 변변한 광장도 있다. 광장에는 재래식 변소도 있다. 광부들은 목이 마르면 자유롭게 그곳에 가서 물을 마셨다.

"놔두고 잊어버렸다? 좋아, 그 광부가 누구인지 밝혀지면 처벌하겠어."

감독이 짜증 섞인 어투로 말했다. 계장은 근처를 어슬렁거리며 석탄을 운반하는 광부들이 안전등을 들고 있는지 살펴보았다. 물론 누구도 어둠의 세계에서 불빛을 잃어버리는 일은 없었다. 안전등 챙기는 걸 잊어버렸다는 것은 말이 안 된다. 아마 잊어버린 게 아니라 일부러 놓고 간 것이 틀림없다. 고의로 놓고 갔다면, 아마도 그 광부는 불빛이 필요 없었던 것일까? 아니면 방해가 되었을까? 이런저런 추리를 하던 중 좀 전에 초소로 보냈던 광부가 석탄차도 없이 새파랗게 질린 얼굴로 달려왔다.

"H-121은 죽은 미네키치의······."

"뭐? 크게 말해!"

"예, 그 미네키치의 안전등이라고 합니다."

"미네키치? 이런······."

계장의 얼굴이 순간적으로 일그러졌다.

"잠깐만, 미네키치의 안전등이라고?"

설마 미네키치의 안전등일 줄이야. 미네키치는 처벌할 방도가 없다. 아니, 처벌이 문제가 아니다. 어째서 탄굴 안에 갇혀 죽은 미네키치의 안전등이 이런 곳에서 나왔지?

계장은 무슨 생각인지 갑자기 찌푸린 얼굴로 불 꺼진

안전등을 집어 들고, 마찬가지로 표정이 일그러진 아사카와 감독을 향해 떨리는 목소리로 말했다.

"어쨌든 들어가서 곰곰이 생각해봅시다. 아무래도 난관에 빠진 것 같소."

4

다테야마탄광의 기쿠치 기사는 아직 한창 일할 나이인 마흔 살의 남자다. 도쿄대학 공학부 출신의 수재인데, 공부하던 습관이 없어졌는지 책상에 붙어 있는 것을 정말 싫어해 틈만 나면 사냥총을 들고 곰 발자국을 따라다닌다고 한다. 얼굴은 햇볕에 그을려 혈색이 좋고, 떡 벌어진 어깨를 들썩이며 웃기라도 하면 책상 위의 도면이 흔들릴 정도로 목청이 우렁찬 사람이다.

소식을 듣고 기쿠치 기사가 다키구치탄광에 도착했을 때 청원순경은 관할구역 경찰서로 지원 요청을 나가 사무소에 계장 혼자 있었다. 미네키치의 안전등을 발견한 계장은 시신 검시도, 가스 검사도 내팽개치고 사무소에 처박혀 골머리를 앓고 있었다.

하지만 계장은 기쿠치 기사의 얼굴을 보고 어느 정도 기운을 차렸다. 그리고 곧바로 불이 난 탄광의 모습을 설명했는데, 어느덧 말하던 도중에 저도 모르게 옆길로 빠져 발화 사건이 살인 사건으로 변해 있었다. 단순한 발화 사건의 조치를 예상하고 온 기쿠치 기사도 계장의 설명을 듣는 사이에 점점 이야기에 빠져들었다. 계장은 마루야마 기사의 살해와 네 명의 용의자부터 후루이 인부의 살해와 미네키치의 안전등이 발견된 일까지 조목조목 자세히 이야기했다. 마지막에 맞닥뜨린 모순과 그 모순에서 스멀스멀 올라오는 이상한 의혹 하나가 있었지만, 의혹은 빼고 있는 그대로 사실만 기쿠치 기사에게 전했다.

"이것 참, 곰 사냥만큼 흥미로운데요."

계장의 말이 대략 끝나자 기쿠치 기사가 씩 웃으며 말했다. 그러다 이상하게 보일 것 같아 입을 꾹 다물고 난처하다는 듯이 생각에 잠겼다.

"아이고, 갑자기 괴상한 살인 사건이라니, 예상과 달라서 당황스럽습니다."

기쿠치 기사가 너스레를 떨더니 이내 입을 열었다.

"하지만 계장님, 당신도 나쁜 사람이군요. 왜 자기 생각을 솔직하게 말하지 않는 겁니까? 지금 어떤 의혹을 품고 있는지 말입니다. 물론 저도 압니다. 그 의혹이 얼마나 유치하고 어리석은 이야기인지……. 아니, 논리를 아예 무시한 바보 같은 이야기라 도저히 입에 담을 수 없겠지요. 어차피 당신은 그 의혹을 머릿속에서 비웃을 만큼의 용기도 없지요. 화내지 마십시오, 계장님. 자, 당신의 두통거리를 일시에 해소할 방도가 하나 있습니다. 별거 아닙니다. 불이 난 탄광을 개방해보는 겁니다. 발화 당시 얼마나 온도가 올라갔는지는 모르겠지만, 인간의 뼈가 타서 없어질 정도는 절대 아닐 겁니다."

"그야 그렇지." 하고 계장이 말했다. "진화도 빨랐으니까. 하지만 가스가 나오고 있어."

"가스는 밖으로 배출하고 있잖아요? 그럼 언젠가는 가스가 빠지겠지요. 게다가 방독면도 있지 않습니까. 아! 그 전에 계장님."

기쿠치 기사가 뭔가 떠오른 듯 말을 끊더니, 갑자기 눈을 빛내며 주위를 둘러보고 물었다.

"아사카와 씨는 어디 있습니까?"

"아사카와?" 하고 계장이 뒤를 쳐다보자 옆에 있던 사무직원이 답했다.

"삿포로 본사로 전화하러 나가셨는데요……."

그런데 아사카와 감독은 기다릴 새도 없이 금세 돌아왔다. 기쿠치 기사는 간단한 인사를 마치자마자 곧바로 본론을 꺼냈다.

"아사카와 씨, 이상하게 들릴지 모르겠는데, 그 광부가 갇힌 탄굴의 철문을 도포작업할 때 적어도 세 명이 관여했다고 했지요? 당신도 그중 한 명이고요?"

감독의 안색이 갑자기 나빠졌다. 기사는 눈을 빛내며 조용히 말을 이었다.

"이 살인 사건은 아직 끝나지 않았습니다. 아무래도 이번에는 당신 차례겠군요. 아, 걱정하지 마십시오."

기사는 고개를 들고 빠른 어조로 감독을 향해 말했다.

"마루야마도 후루이도 석탄 덩어리로 당했습니다. 그말은 범인이 무기를 소지하고 있지 않다는 방증입니다. 하지만 당신은 앞으로 무기를 소지하고 다닐 수 있습니다. 여차하면 범인을 잡을 수도 있어요. 아, 가능한 정도가 아니지요. 범인이 당신을 노리고 있으니까 당신이야말로 범인을 포박하기에 가장 유리합니다. 우리 앞에서는 모습을 감춘 범인도 당신 앞에서는 반드시 모습을 드러낼 겁니다."

"역시!"라며 계장이 감탄하더니 "곰 사냥 전문가답게

말도 잘하네." 하고 말했다.

그러나 기쿠치 기사는 진지한 얼굴로 말을 이었다.

"두 분께 한 가지 제안하고 싶습니다. 아사카와 씨가 무기를 소지하고 범행 현장 근처에 혼자 나가야 합니다. 물론 우리는 후방을 맡고요. 무기만 가져가면 걱정 없을 겁니다. 어떠신가요? 범인은 손이 재빠른 것 같기는 한데……."

계장은 즉각 찬성했다.

감독은 잠시 생각하다가 일어섰다. 그리고 어디선가 파업이 일어났을 때 사들인 단도(短刀) 한 자루를 가져오더니 칼집 끝으로 바닥을 쿵 내려찍으며 "그럼, 후방을 부탁합니다."라고 비장한 어조로 말하며 사무소를 떠났다.

계장과 기쿠치 기사는 잠시 시간을 두고 감독의 뒤를 따랐다. 수평갱도를 지나 불이 난 탄광이 있는 편반갱도 앞까지 왔을 때 기사가 걸음을 멈추고 계장에게 말했다.

"1시간 동안 편반갱도의 출입을 막으면 얼마만큼 채굴이 지체됩니까?"

"무슨 말인가? 편반갱도를 멈추라고?"

계장이 눈을 휘둥그렇게 뜨고 외쳤다.

"그렇습니다."

"말도 안 돼. 업무를 멈추다니⋯⋯."

"하지만 우리와 길이 엇갈려 범인이 이리로 도망치면 어떻게 합니까?"

기쿠치 기사가 말했다.

"이 편반갱도만 치면 30톤 정도 되지요? 어떻습니까? 계장님, 그 정도의 손해라면 과감히 막아주십시오. 위급 상황 아닙니까."

"자네는 아무래도 주판을 튕기는 것보다 사냥을 더 좋아하는 것 같군."

계장이 어쩔 수 없다는 듯이 쓴웃음을 짓자 기사는 얼른 편반갱도 입구의 커다란 방화문을 잡아 내렸다. 당황해하는 수평갱도의 광부와 소장에게 사정을 설명하고, 계장과 함께 편반갱도로 들어선 후 방화문을 닫고 소장에게 빗장을 채우라고 했다. 때마침 석탄차를 몰며 다가온 왼쪽 편반갱도의 광부들은 미네키치의 밀폐 사건이 있은 지 얼마 되지 않았는데 이상한 통행금지에 걸리자 혼비백산했다. 그러나 이내 자신들과 마찬가지로 밀폐된 계장과 기사를 보고 나쁜 일로 밀폐된 것이 아니라 어떤 사정이 있어서 통행금지가 되었다는 것을 깨달았는지 소란은 금세 가라앉았다.

마주친 광부들에게 전후 사정을 설명하면서 편반갱도 안쪽으로 걸어가던 계장과 기쿠치 기사는 밀폐된 미네키치의 채탄장 입구 근처에서 전혀 예상하지 못한 사건을 맞닥뜨렸다.

미끼가 된 아사카와 감독은 근력이 남달랐고 무기도 들고 있었으며 한껏 경계하고 있었으리라. 게다가 상대는 무기도 소지하지 않고 숨어 있다. 위험할 리 없었는데, 계장과 기사가 목적지에 도착했을 때 감독은 이미 완전히 숨이 끊어져 노면 위에 누워 있었다.

대자로 누운 시신 위에는 거의 상반신을 덮은 것처럼, 이전 사건보다 더 큰 석탄 덩어리가 얹혀 있었다. 징검돌만 한 석탄 덩어리는 다른 곳에서 옮겨 온 것으로 보이지 않았다. 바로 옆벽의 불규칙한 요철 면은 마치 방금 낙반이 된 것 같은 단면이 있었다. 석탄 덩어리를 내려친 듯 바닥에는 크고 작은 석탄 덩어리가 시신을 둘러싸듯 흩어져 있었다. 잔인한 살인자가 가격당한 아사카와 감독의 시신 위로 마지막 흉기를 내려친 것이다.

계장은 무심코 감독의 단도를 집어 들고 주위를 경계하며 기사와 힘을 합쳐 시신 위의 석탄 덩어리를 걷어냈다. 시신은 머리와 가슴이 엉망으로 뭉개져서 눈 뜨고 볼 수 없을 만큼 끔찍했다.

한발 늦어버린 바람에 살인자의 모습을 보지도 못하고 소중한 미끼의 목숨을 잃고 말았다. 예상하지 못한 위험이라고는 하지만 너무나 큰 실수였다. 두 사람은 극심한 자책에 휩싸이면서도, 이 사건이 가리키는 얄미울 정도로 명백한 암시에 저도 모르게 마음이 들떴다.

'복수는 완성됐다. 무기도 없이 이처럼 착착 일을 처리해내는 남자는 도대체 누구인가. 범인은 이 편반갱도에 있는 광부일까? 아니면……'

계장은 불이 난 탄굴의 철문 위로 시선을 던졌다. 철문 앞으로 다가가 손을 댔다. 철문은 완전히 식어 있었다. 기쿠치 기사는 배기관을 조사했다. 가스도 위험하지 않을 정도로 거의 희석되어 있었다. 두 사람은 혀를 차고는, 힘을 합쳐 철문 틈의 마른 점토를 긁기 시작했다.

점토가 전부 벗겨지자 기사는 빗장을 올리고 있는 힘껏 철문을 당겨 열었다. 이상하게 미지근한 바람이 어둠 속에서 불어왔다. 두 사람은 어슴푸레한 안전등 불빛에 의지하며 불이 난 탄굴 안으로 발을 내디뎠다. 안전등 불빛을 바닥으로 비추며 미네키치의 뼈를 찾았다. 얼마 후두 사람은 형용할 수 없는 공포에 휩싸였다.

미네키치의 뼈가 없다!

아무리 찾아도 없다. 양쪽 벽은 불에 타서 먹물을 빨아들인 낡은 솜처럼 불규칙하게 깎였고, 기둥처럼 양쪽에 세워져 있던 갱목은 보기 흉하게 탔으며, 바닥에는 석탄 벽에서 배어 나온 콜타르(coal-tar, 석탄을 건류할 때 생기는 기름 상태의 끈끈한 검은 액체) 형태의 가스액이 군데군데 고약한 냄새를 내뿜으며 고여 있었다. 하지만 앞으로 나아가도 미네키치의 뼈는커녕 뼛가루조차 없었다. 두 사람은 뭔가에 홀린 듯한 기분으로 갱도 위를 갈팡질팡했다. 이윽고 구부러지고 들떠 있던 레일이 갑자기 엿처럼 뒤틀리고, 타다 남은 곡괭이, 튕겨 나온 석탄차 바퀴 등이 보이며 아직 불길한 불꽃이 남아 있는 발화 중심에 도착했다. 채탄장 끝까지 왔는데도 뼈 그림자도 보이지 않았다. 이쯤 되자 상황의 심각성을 깨닫고 그 자리에 그대로 얼어붙었다.

최악의 경우가 도래했다. 앞서 말했듯이 채탄굴은 이른바 옆으로 뚫린 우물과 같아서 철문이 닫힌 입구 외에는 개미 한 마리 나올 구멍조차 없다. 그 탄굴이 봉해졌고 화염에 휩싸였을 미네키치의 시신은커녕 뼛조각조차 사라지는 것은 있을 수 없는 일이다. 그런데 기적이 일어났다. 계장은 자신이 어쩌다 품은 의혹이 마침내 놀라운 결실을 맺었다고 확신하면서 저도 모르게 몸이 굳었다.

바로 이때 이변이 일어났다.

갑자기 적막을 깨고 바로 머리 위쪽에서, 멀리 혹은 가까이, 옆의 석탄 벽이 흔들리며 '스스스……스스스……' 하고 말로 표현할 수 없는 소리가 들려왔다.

두 사람은 숨을 죽이고 귀를 기울였다. 하지만 소리를 냈다고도 울렸다고도 할 수 없는 그 소리는 금세 멈췄고 본래의 정적이 내려앉았다.

오랫동안 탄굴에 산 사람이라면 그것이 무슨 소리인지 금방 알 것이다.

그것은 완전히 채굴이 끝난 폐광의 탄주(炭柱, 탄굴에서 바닥이나 천장이 무너져 내리는 것을 막기 위하여 캐지 않고 남겨둔 석탄층)를 무너뜨리고 퇴각할 때 들을 수 있는 무서운 소리였다. 탄주가 뽑히면 벽이 느슨한 경우 지압으로 천반이 침하한다. 침하는 반드시 느린 속도로 간헐적으로 이루어지는데, 갱목이 우지끈 꺾이며 천반에 균열이 생길 때 크게 흔들리며 이상한 울림이 들린다. 이른바 붕괴의 전조라 할 수 있는 그 소리를 탄굴 사람들은 산울림이라고 부르며 두려워한다.

아까 그 소리가 바로 산울림이었다. 불이 난 탄굴 안에 있는 갱목이 불타면서 발화와 동시에 갑자기 팽창한 탄굴 내부의 기압이 서서히 내려가 벽이 느슨해지면서 조금씩 천반이 침하하기 시작한 것이 분명하다.

계장은 핏기가 가신 얼굴을 들고 안전등으로 천장을 비췄다. 하지만 그곳에는 더욱 무서운 것이 기다리고 있었다.

머리 위로 내려오는 천반에는 어느새 악어 표피처럼 검고 커다란 균열이 두세 개 갈라져 있었고, 그 안쪽까지 타서 뭉개진 틈으로 물방울이 뚝뚝 떨어졌다. 물이 들어오고 있는 것이다. 물방울을 발견한 계장은 손을 내밀어 손바닥에 물방울을 받아 불안한 기색으로 입에 가져갔다. 심장이 덜컹 내려앉았다.

생각해보면 천반 붕괴, 화재, 지하수 침수 등은 탄굴에서 있을 법한 일이다. 다키구치탄광이 생긴 이래 언젠가는 일어날 수 있다고 각오하며 최선의 방어를 준비했다. 제대로 준비했으니 결코 두려워할 일이 아니다. 하지만 지금 계장이 혀로 확인한 물방울에 다키구치탄광의 운명이 달려 있다. 이제 어떤 수단으로도 막을 수 없다. 그 물은 지하수도, 가스액도 아니었다. 소금물이었다.

"큰일 났다!"

처음 바닷물 침수를 입으로 확인한 계장은 저도 모르게 떨리는 목소리로 외쳤다.

"지금 살인이 문제가 아니야. 바닷물이 밀어닥쳤다!"

그런데 큰일을 목전에 두고 기쿠치 기사의 태도가 이상했다. 마치 방심한 것처럼, 선 채로 잠이라도 잘 것처럼 당돌하고도 묘하게 침착했다.

"상대가 바다라면 당해낼 수 없겠네요."

기사가 냉담하게 내뱉었다.

"포기하세요, 계장님. 아직 시간이 충분하니 침착하게 대피 준비를 합시다. 그런데 당신은 방금 살인이 문제가 아니라고 했죠? 그럴지도 모릅니다. 하지만 이 소금물과 살인은 절대 무관하지 않습니다. 계장님, 저 갈라져서 안쪽까지 뭉개진 균열을 자세히 보십시오. 저는 이 사건의 진상을 알 것 같습니다."

5

그로부터 몇 분 뒤 밀폐된 편반갱도를 중심으로 검은 지하도시에 비정상적인 긴장감이 퍼졌다.

붕괴에 직면한 폐갱에 다시 무거운 철문을 걸어 잠근 계장은 분주히 전화 부스로 달려가 다테야마광산 지상 사무소와 삿포로 본사에 연락해 바닷물이 침수했다는 비보를 전했다. 그다음에는 좁은 수직갱도 출구에서 압사하는 사람이 없도록 철저한 통제 아래 피난 준비에 착수했다.

한편 기쿠치 기사는 곰 사냥으로 다진 강심장을 무기로, 문제의 편반갱도 철문을 빠져나와 수평갱도의 소장들을 불러서 쇠사슬로 묶은 입구를 엄중히 경비하라고 했다. 잔인한 살인자는 깊숙한 편반갱도 어딘가에 있다.

그자가 잡히기 전까지는 그 누구도 편반갱도를 빠져나올 수 없다. 이렇게 물샐틈없는 경계 태세를 마친 후에야 기사는 사무소로 향했다.

광장에서는 수직갱도에 가장 가까운 편반갱도의 광부들이 갑자기 내려진 업무 중단 명령에 영문을 몰라 웅성거리며 철수하고 있었다. 편반갱도 소장 몇 명에게 순차적으로 할 일을 지도하던 계장은 기사를 보자마자 달려와 말했다.

"자, 이번에는 왼쪽 편반갱도 차례야. 나가자고."

"잠시만요." 기사가 말리며 "그 전에 두세 가지 조사하고 싶은 게 있습니다."라고 말했다.

"뭐?"

계장은 깜짝 놀라며 짜증 난 어조로 말했다.

"그게 무슨 한가한 소리야! 어차피 범인은 편반갱도에 갇혀 있지 않나! 그놈은 신경 쓰지 말고 한시라도 빨리 편반갱도를 비워야 해!"

그러나 기쿠치 기사는 움직이지 않았다.

결국 계장은 기사가 올 때까지 광부들을 밖으로 내보내지 않겠다는 조건으로 한발 앞서 수사에 나섰다.

계장이 수평갱도의 어둠 속으로 사라지자 기쿠치 기

사는 별실에 그대로 발이 묶여 있던 오시나를 곧장 사무소로 불러들였다. 오시나는 꽤 침착하게 발화 당시의 상황을 계장에게 진술한 그대로 다시 말했다. 머지않아 여자의 진술이 끝나자 기쿠치 기사는 힘주어 되물었다.

"다시 묻겠네. 중요하니까 제대로 답해야 하네. 당신이 불이 난 탄굴에서 탈출하고, 감독, 기사, 인부 등이 방화문을 닫을 때 분명히 미네키치는 빠져나오지 못했나?"

"예, 틀림없습니다."

오시나는 부은 눈꺼풀에 힘을 주며 또렷이 대답했다.

기사는 머릿속으로 무언가를 정리하는 듯 잠시 눈을 감았다 뜨더니 일어나서 전화 부스로 향했다. 그리고 10분 정도 지나 다시 돌아왔다. 아마도 장거리 전화였으리라. 기쿠치 기사는 뭔가 결단을 내린 듯 미간을 굳히더니 오시나를 데리고 수평갱도로 들어갔다.

밀폐된 편반갱도 앞에는 두세 명의 소장과 함께 어쩐 일인지 계장이 단도를 든 채 창백한 얼굴로 서 있었는데, 기쿠치를 발견하고는 입을 열었다.

"이것 참 난처하게 됐어."

"왜 그러시죠?"

"그게……. 완전히 미칠 노릇이야. 실은 이 편반갱도

에는 범인이 없어. 갱도는 물론이고 채탄장에도 광장에도 움막에도……. 전부 찾아봤지만 없었네."

그러자 기쿠치 기사는 침착한 어조로 뜻밖의 말을 꺼냈다.

"도대체 당신은 누구를 찾으러 탄굴에 들어왔습니까?"

"누구를 찾느냐고?" 계장이 당황해하며 "당연히 범인이지!" 하고 외쳤다.

"내 말이 그 말입니다. 당신은 아까부터 범인, 범인 하는데, 도대체 누구를 말하는 겁니까?"

"뭐?"

계장은 더욱 당황해하며 "당연히 광부 미네키치이지 않은가."라고 말했다.

"미네키치?"라고 말하며 기쿠치 기사는 곤란한 표정으로 입을 다물었다. 잠시 후 옆에 있는 석탄차에 걸터앉으며 조용하고 정돈된 어조로 입을 열었다.

"사실 저 또한 아까 당신과 함께 이 편반갱도에 들어왔을 때만 해도 범인이 누구인지 몰랐습니다. 그래서 편반갱도에 확실히 범인을 가두자고 하면서도 도대체 누구를 찾아야 하는지, 범인을 잡아야 한다는 생각뿐인데 도무지 누구를 잡아야 할지 알 수 없었지요. 하지만 이제 윤곽이 잡혔습니다."

기쿠치 기사는 석탄차에서 똑바로 일어서며 계장 앞으로 다가가 말을 이었다.

"제 추리는 아마도 당신의 추리보다 타당할 것입니다. 계장님, 아무래도 당신은 크게 착각하고 있는 것 같습니다. 사건 표면에 드러난 몇 가지 사실만 끼워 맞춘 그럴듯한 형태에 얽매여 논리를 무시하고 있습니다.

한 명의 광부가 도포작업으로 봉해졌고, 그 도포작업에 관여한 사람들이 속속 살해되었다. 하지만 혐의점이 있는 유족 중에 범인은 없다. 도포작업으로 밀폐되어 죽었을 광부의 안전등이 불이 난 탄굴 밖에서 발견되었다. 불이 난 탄굴을 조사해보니 광부의 시신은커녕 뼛조각조차 없다. 당신은 이 정도의 사실을 조합하여 도포작업으로 갇힌 광부가 어떤 방법으로 되살아나 탄굴을 탈출해 자신을 가둬버린 이들에게 복수했다는 그럴듯한 의혹을 품었지요.

하지만 '그럴듯함'은 '논리'가 아니며, 일차원적인 분석일 뿐입니다. 당신의 추리가 아무리 그럴듯한 암시가 풍부해도 '절대 빠져나올 수 없는 탄굴을 빠져나왔다'라는 엄청난 모순은 납득이 되지 않습니다."

"그럼 자네 생각은 뭔데?"

계장이 몹시 못마땅해하며 묻자 기쿠치 기사가 답했다.

"빨리 말씀드리지요. 저는 불이 난 탄광에 광부의 뼛조각조차 보이지 않았을 때부터 새로이 추리를 시작했습니다.

일단 탄굴 내에 뼛조각조차 없다는 것은 미네키치가 어딘가를 통해 빠져나온 게 틀림없다. 빠져나올 구멍을 일일이 찾을 필요 없는 것이, 방화문을 닫자 진화가 되었다는 말은 밀폐가 되었다는 뜻이니 방화문 말고는 출구가 있을 리 없다. 미네키치는 방화문을 통해 나온 것이 틀림없다. 그런데 방화문 빗장은 바깥쪽에 걸려 있었고 틈새는 진흙으로 발라 굳힌 후 열린 흔적이 없다. 방화문이 닫히고 나서 우리가 열 때까지 한 번도 열리지 않았다.

그렇다면 미네키치는 애초에 방화문이 닫히기 전에 빠져나왔다고 봐야 하지 않을까요. 그럼 새로운 시각으로 다른 사실을 살펴보지요.

여자는 그때 발소리를 들으며 불이 난 탄광을 빠져나왔습니다. 탈출하고 한시름 놓으며 뒤돌았을 때는 이미 폭음을 듣고 달려온 아사카와 감독이 방화문을 닫고 있었지요. 그리고 봉해버렸습니다. 이어서 기사와 인부가 달려와 도포작업을 시작합니다. 바로 이 부분이 중요합니다. 미네키치는 방화문이 닫히기 전에 나와야 하므로 여자 뒤로 나오되, 아사카와 감독이 방화문을 닫기 전에 나와야 맞지요. 즉, 한시름 놓고 뒤돌아본 여자와 방화문을 닫은 아사카와 감독……, 그 사이의 아무것도 없던 공간에 미네키치가 있었습니다."

"잠깐만……. 도무지 무슨 말인지 모르겠군."

계장이 얼굴을 찌푸리며 말을 끊었다. 기사는 아랑곳하지 않고 말을 이었다.

"아, 혼란스러운 게 당연합니다. 저도 이렇게 이치를 따지며 파고들고서야 조금씩 이해했으니까요. 정말이지 그때 거기서 이상한 일을 겪지 않았다면……. 운명의 장난 같다니까요."

말하다 말고 기사는 옆에 서 있던 오시나에게로 몸을 틀었다.

"한 가지 질문이 있네. 그때 석탄차를 밀며 마지막 지점을 지나 급커브를 꺾어 편반갱도에서 너희 부부의 채탄장에 들어섰다고 했지. 그 어두운 갱도에 늘 마중 나와 있는 미네키치에게 안겼다고? 그런데 그 남자는 확실히 미네키치였나?"

오시나는 의외의 질문에 순간 숨을 들이켜며 눈을 감았다.

"미네키치가 늘 그 어둠 속에서 안아준다고 했어. 어둠 속에서……. 그때 너를 안아준 남자는 미네키치가 틀림없나?"

"예……."

"그럼 하나 더 묻지. 그때 미네키치는 안전등을 가지고 있었나?"

"아니요, 가지고 있지 않았습니다."

"당신은 안전등을 어떻게 지니고 있었지?"

"석탄차 뒤꽁무니에 매달고 다녔어요."

"그렇다면 그 안전등 불빛은 석탄차에 가려져 앞을 비추지 못하고 석탄차 뒤쪽 지면만 비췄겠군. 너는 달리던 석탄차를 그대로 내던지고 미네키치에게 달려갔다고 했는데, 그러면 미네키치 앞으로 석탄차가 오지 않는 한 안전등 불빛은 미네키치의 얼굴을 비추지 않아. 미네키치의 앞을 석탄차가 지나가며 석탄차 뒤꽁무니에 매단 안전등 불빛이 비로소 그를 비추었을 때 빛은 역광이라 미네키치의 얼굴에 그늘이 져 있었을 테지. 그런데 어떻게 너는 그가 미네키치라고 여겼지?"

"……."

오시나는 영문을 모르겠다는 표정으로 고개를 숙였다. 하지만 그 얼굴에는 숨길 수 없는 불안이 가득했다. 기사는 계장을 향해 돌아섰다.

"이제 제 추리를, 아니, 이치에 맞으려면 이렇게밖에 설명할 수 없다는 걸 아시겠지요. 미네키치는 불이 났을 때 애초에 탄굴 안에 없었습니다."

"잠깐!" 하고 계장이 말을 끊더니 "그러면 자네는 이 여자가 어둠 속에서 안긴 남자는 미네키치가 아니라는 말이야?"라고 물었다.

"맞습니다. 미네키치는 밖에도 안에도 없었으니 그렇게 말할 수밖에 없지요."

"그럼, 도대체 그 남자는 누구야?"

"여자 뒤에서 뛰어나왔는데 탄굴 안에는 없었으니, 그때 여자 뒤에 있으면서 방화문 앞에 있던 남자입니다."

계장은 뜻밖의 결론에 놀란 나머지 입을 다물지 못했다. 이내 정신을 차리고 말했다.

"자네 말에 따르면 사건 전체가 불가사의해진다고. 가령 미네키치는 불이 났을 때 그 자리에 없었는데, 도대체 어디로 갔다는 말인가?"

"아, 그거요?" 기사가 한숨을 쉬더니 입을 열었다.

"여기서 또 하나의 사실을 새로운 시각으로 살펴봅시다. 식수대에 있던 안전등 말입니다. 당신은 그 안전등을 밀폐된 탄굴을 빠져나온 미네키치가 살인하는 데 방해되어 두고 갔다고 추리했지요? 하지만 저는 그 안전등으로 불이 났을 때 탄굴에 없던 미네키치의 소재를 알 수 있다고 봅니다. 미네키치는 식수대에 갔던 것이지요."

"그렇군. 그럼 뭐야, 미네키치는 탄굴 발화와 전혀 관계없다는 것이군. 탄굴 밀폐와도 관계없고 말이야. 그렇다면 어째서 밀폐되어 갇히지도 않은 미네키치가 원한도 없는 사람들을 살해했지?"

"아무래도 당신은 아직도 잘못된 선입견에 사로잡힌 듯하군요."

쓴웃음을 지은 기쿠치 기사가 양손을 마주 잡은 채 초조한 듯 서성이며 말했다.

"지금까지 펼쳐온 추리 범위에서는 아직 범인이 누구라고 언급할 수 없습니다. 그런데 여기서 또 다른 사실 하나를 살펴봅시다. 바로 살인입니다. 세 건의 살인은 얼핏 제각각 살해된 듯 보이는데, 실은 몇 가지 흥미로운 접점이 있습니다.

우선 흉기입니다. 세 사람 모두 석탄 덩어리에 맞아 죽었습니다. 석탄 덩어리로 살해되었다는 것이 별거 아닌 일 같지만 그렇지 않습니다. 계장님, 광부 동료 간 상해 사건이 발생했을 때 통계상 가장 많은 흉기가 무엇인지 알고 계시지요? 바로 쇠망치와 곡괭이입니다. 그것만큼 광부와 친숙하면서도 강력한 무기는 없으니까요. 게다가 안전등과 마찬가지로 중요한 도구이다 보니 광부라면 누구나 하나씩 가지고 있지요. 그런데 세 건의 살인에서 범인은 특이하게도 모두 석탄 덩어리를 사용했습니다. 어쩐지 음험한 수법 같았어요. 그래서 석탄 덩어리 외에 적당한 흉기를 손에 넣을 수 없는 사람, 즉 광부가 아닌 사람이 순간적으로 저지른 범행이 아닐까 생각했습니다.

계장님은 이 사건의 피해자들이 같은 수법으로 살해된 이유를 밀폐되어 갇힌 남자의 원한에서 찾았지요? 그런데 애초에 갇힌 남자는 없었으니, 이는 잘못된 추리이지요. 물론 죽은 세 사람은 미네키치가 탄굴 내에 봉해졌다고 생각했고, 유족들도 그렇게 알고 원한을 품고 있었을 테지요. 유족 중에는 범인이 없으니 이 또한 문제될 것이 없지요. 그러면 세 사람이 살해될 공통의 이유가 없느냐······. 있습니다.

저도 조금 전에 깨달은 사실인데, 세 사람은 모두 한시 바삐 불이 난 탄굴을 열기 위해 불을 끄고 가스 배출 상태를 검사하던 중 살해당했습니다. 이를 다른 시각으로 보면, 업무를 방해한 것인 동시에 발화 원인을 찾아 진상을 밝히려는 계장님의 행동을 막은 것입니다. 더 분명하게 말하면, 범인은 어느 시기까지 당신에게 불이 난 탄굴 내부를 보이고 싶지 않았던 것이지요. 그래서 조금이라도 불이 난 탄굴의 방화문 개방을 늦추려고 했습니다."

"잠깐!" 계장이 또다시 말을 끊었다. "도대체 그 범인이 내게 보이고 싶지 않았던 게 뭐야? 아까 자네와 둘이 내부를 조사했을 때 살인 사건과 관련된 것은 없었잖아."

"있었습니다. 계장님, 왜 그러세요. 잘 생각해보세요. 그곳에서 중대한 발견을 하지 않았습니까? 밀폐되었을 미네키치가 없었다는 것? 아니요, 더 큰 발견 말입니다. 저 천반의 균열과 소금물요!"

주변에 서 있던 광부들이 기쿠치 기사의 말을 듣고 웅성거리기 시작했다. 바닷물 침수라니! 이 사실에 비하면 지금까지의 살인 사건 따위 광부들에게는 관심거리도 아니었다. 기사는 눈빛에 불같은 기백을 담아 사람들의 웅성거림을 뚫고 계장에게 말했다.

"편반갱도를 열고 석탄차를 전부 꺼내주세요."

이윽고 몇 명의 소장이 우왕좌왕하며 무거운 철문을 좌우로 당겨 열자 편반갱도 안에서 광부들이 술렁거리는 소리가 들렸다. 땀에 젖어 석탄을 나르는 여성들이 반짝반짝 빛나는 구릿빛 맨몸으로 석탄차를 밀자 기사가 나서서 외쳤다.

"모두 여기에 석탄을 뿌린 다음 석탄차를 내보내세요. 석탄차를 비우고 가란 말입니다."

여자들은 기사의 기묘한 명령에 서로 마주 보며 멈칫했지만, 이내 계장이 잠자코 고개를 끄덕이는 것을 보고 그의 명령에 따랐다.

다키구치탄광의 석탄차는 모든 테두리의 이음새를 분리하면 상자가 덜컹 뒤집히는 덤프차 같은 구조였다. 석탄을 운반하는 광부들이 기사의 명령대로 차례로 나와 그 자리에 상자를 뒤집어 그 안에 실린 석탄을 비웠다. 순식간에 그곳에 석탄 언덕이 생겼다. 열두세 대째 석탄차가 상자를 뒤집었을 때 놀라운 일이 일어났다.

커다란 상자 안에서 주르륵 흘러나온 석탄 속에서 시커멓게 석탄가루 범벅이 된 벌거숭이 사내가 굴러 나왔다. 그는 벌떡 일어나더니 눈을 비비며 주변을 두리번거렸다. 계장이 소리쳤다.

"어! 이사카와 감독!"

석탄 덩어리에 맞아 죽었을 아사카와 감독이었다. 기사는 와락 달려드는 놈을 향해 계장에게서 낚아챈 단도를 힘껏 휘둘렀다.

감독이 쓰러지자 기쿠치 기사는 혼비백산한 계장과 오시나를 데리고 소란스러운 광부들을 뒤로한 채 석탄차를 타고 개방된 편반갱도로 들어갔다. 불이 난 탄굴 앞에 이르자 기사는 그곳에 놓인 '이사카와 감독의 시신'을 턱끝으로 가리키며 오시나에게 말했다.

"이 시신을 잘 보게. 감독의 바지가 입혀져 있지만, 당신한테는 익숙한 몸일 테니."

시체를 보는 것이 두려워 주저하던 여자는 점점 죽은 사람을 향해 몸을 구부리더니 알아볼 수 없을 정도로 심하게 손상된 얼굴을 뚫어지게 쳐다보았다. 좀 더 가까이 다가가 몸을 웅크리고 앉더니 느닷없이 기묘한 소리를 내며 죽은 사람의 몸을 안아 올리더니 쉬어버린 목소리로 말했다.

"제 남편, 미네키치입니다."

6

한편 다키구치탄광 전체에 기사가 내뱉은 말이 심한 충격을 안겼다. 계장의 지시로 광부들이 속속 탄굴 밖으로 나가고 있어서, 절반 정도가 탄굴 안에 남아 있었다. 그들 사이에 바닷물 침수 사실이 알려져서 통제 불가능할 정도로 동요가 일었다. 사람들은 석탄차를 내팽개치고 곡괭이를 내던지고 수직갱도에 파도처럼 몰려들었다. 광장 사무소에는 어디에서 오는지 모를 전화벨이 쉴 새 없이 울려댔다. 다키구치탄광과 다테야마탄광을 동시에 관리하는 지상 사무소에서 파견된 구조대는 탈출하려는 광부들과 광장 앞에서 실랑이를 벌이고 있었다.

후미의 석탄차에 올라타 서둘러 수직갱도로 향하는 길에, 계장이 기사에게 조심스레 물었다.

"마루야마 기사, 후루이 인부, 미네키치를 죽인 사람은 아사카와 감독인 거지?"

기사가 잠자코 고개를 끄덕였다.

"그럼 가장 마지막에 살해당한 미네키치는 그동안 무엇을 하고 있었을까?"

"미네키치는 가장 먼저 살해당했습니다."

"가장 먼저?"

"예. 아마 그 식수대에서 죽었을 겁니다. 미네키치의 시신을 일단 근처 움막에 던져넣은 다음에 그 채탄장에 불을 지른 것이지요."

"뭐? 불을 질렀다고?"

계장은 저도 모르게 되물었다.

"예. 단순한 실수라는 생각은 틀렸습니다. 레일 위에 미네키치의 곡괭이를 굴려놓고 어둠 속에서 여자를 끌어안는 습관과 여자의 안전등을 이용해 석탄가루에 불을 붙였습니다. 그야말로 음흉하기 짝이 없는 짓이에요. 그렇게 하면 관리감독 부서가 조사할 때도 발화 책임은 본인에게 없으니까요."

"그런데 왜 하필 그 채탄장에 불을 질렀을까?"

"아, 그거요?" 기사가 점차 목소리를 높이며 말했다.

"아까도 말했지만 그 채탄장 안에 어느 시기까지 절대 남한테 보여주면 안 되는 것이 있기 때문입니다. 그래서 불을 질러 사람들이 들어가지 못하도록 봉한 것이지요. 문을 열려고 가스 배출 상태를 검사했던 마루야마 기사와 후루이 인부도 같은 이유로 해치웠고요.

이쯤 해서 당신은 왜 우리는 무사히 저 방화문을 열수 있었는지 궁금할 테지요. 그때는 이미 그가 원하던 시기가 지났기 때문입니다. 게다가 모처럼 감독의 의도대로 상황이 흘러가고 있는데, 저 같은 사람까지 나타나지 않았습니까. 만약 이 살인이 탄굴에서 죽은 자의 복수라면 감독 자신도 이번에 죽어야 한다는 말에 다급해졌겠지요. 서둘러 움막에 가서 미네키치의 시신을 가져와 자신이 당한 것처럼 꾸미고 석탄차에 몰래 숨어서 경계선을 돌파하여, 더는 쓸모없어진 이 다키구치탄광을 탈출할 계획이었을 것입니다."

"잠깐!" 계장이 말을 끊고 궁금한 점을 물었다.

"자네는 아까 그 감독이 남에게 보이지 않으려고 했던 것은 저 천반의 균열과 바닷물 침수라고 했어. 하지만 나로서는 살인 사건과 전혀 별개의 일로 보이네. 게다가 채탄장에 불이 났을 때는 아직 천반은 이동하지 않왔잖아?"

"아니지요. 바닷물 침수와 이 살인 사건은 밀접한 관계가 있습니다. 그리고 계장님, 발화로 천반 이동이 촉진된 것이지 이미 그 전부터 천반 이동은 있었습니다. 아마지각이 생각보다 약해졌을 것입니다. 아까도 제가 강하게 말씀드렸잖습니까. 잘 생각해보세요. 그 균열은 속까지 불에 타 뭉개져 있었잖아요? 그러니까 불에 타서 갈라진 게 아니라, 갈라지고 나서 탄 거예요. 그래요, 감독이 가장 먼저 그 균열과 떨어지는 소금물을 발견한 것입니다."

"그렇군. 그런데 감독은 왜 이런 위험을 일찍 발견하고 우리에게 숨겼을까? 그리고 자네가 말하는 그 시기란게 무슨 말이야?"

"바로 그게 살해 동기입니다. 감독은 바닷물 침수 사실을 처음 발견하고 누군가에게 보고했을 것입니다. 그리고 이 무시무시한 사실이 밖으로 새어 나가는 것을 어느시기까지 막는 대가로 상당한 보수를 받았을 것입니다.

아, 어느 시기요? 당신도 알잖습니까. 제가 이곳에 도착했을 때 삿포로에서 감독한테 전화가 걸려 왔었지요. 그래요, 그것으로 확신했습니다. 저는 제 의혹을 확인하기 위해 아까 큰맘 먹고 삿포로에 전화해보았습니다. 어떻게 됐을까요? 주에쓰탄광회사 주식이 오늘 오전 11시쯤부터 상당히 요동치고 있습니다. 11시쯤부터요. 계장님, 현장의 우리보다 회사의 중역이 몇 시간 전에 다키구치탄광의 운명을 알았습니다."

말을 마친 기사는 저 너머로 보이기 시작하는 사무소의 등불을 향해, 아직 풀리지 않은 수수께끼를 탐구하는 시선을 툭 던졌다.

그로부터 채 10분도 지나지 않아 수직갱도로 도망치려는 사람들이 저도 모르게 움찔할 만큼의 산울림이 다키구치탄광 전체에 울려 퍼졌다. 그리고 얼마 지나지 않아 탄굴 옆의 수도관에서 흐린 물이 엄청나게 쏟아졌다. 어디서부터 솟아 나오는지 모를 물이 넉 대의 터빈 펌프를 무너뜨리고, 한 치(약 3cm), 두 치……, 순식간에 차올랐다.

(『개조(改造)』 1937년 5월호)

추운 밤이 걷히고

寒の夜晴れ

또 눈 내리는 계절이 왔다.

눈이라고 하면, 나는 가여운 아사미 산시로가 가장 먼저 떠오른다.

그 시절 나는 북쪽 지방의 어느 도시, 가령 H시라고 부르자면, 그 H시의 현립 여학교에서 평범한 국어 교사로 근무하고 있었다. 아사미 산시로는 같은 여학교의 영어 교사로, 그 시절 내가 가장 친하게 지내던 친구이기도 했다.

산시로의 본가는 도쿄에 있었다. 몹시 부유한 상인 집안이었는데, 그 집안의 둘째 아들로 별난 기질을 가지고 있었던 산시로는 W대학교의 영문과를 졸업하고 교사가 되어 지방 곳곳을 누비고 다녔다. 듣자 하니 문학을 지향했다고 하는데 아직 뜻을 이루지 못하고, 내가 그를 처음 만났을 때는 나이 서른에 여덟 살배기 아들을 둔 좋은 아버지가 되어 있었다. 다소 성미가 급한 구석이 있지만 그만큼 뒤끝 없어 인품이 아주 좋은 남자로, 나는 그와 금방 친해질 수 있었다. 그렇다고 나하고만 친하게 지냈던 것은 아니다. 누구나 그를 좋아했고, 그에게 적든 많든 호의를 가지지 않은 사람이 없었다. 유복하게 자란 영향도 있었으리라. 마음이 너그러워 직원들 모두와 사이가 좋았으며, 조금도 투정 부리는 법이 없었다. 아무래도 문학과 같은 어두운 길을 갈 만한 인물이 아니었다. 나는 그와 자연스럽게 친해지면서 바로 그 사실을 알아챘다.

가정에서 그는 더욱 정감이 갔다. 미모의 아내와 하나밖에 없는 아들을 그가 얼마나 사랑했는지, 그 사실은 여학생들의 야유를 넘어선 존경과 동경으로 드러났다. 사실 교사라면 꼭 하나씩 가지고 있는 별명을 산시로에게서는 들어본 적이 없다. 결코 흔하지 않은 일이기도 했다.

지금 생각해보면, 모든 화근은 이러한 산시로의 원만한 성격에 이미 뿌리 깊게 내리고 있었는지도 모른다.

당시 H시의 교외에서 산시로의 집과 가장 가까이 살았던 사람은 나였다. 그래서 끔찍한 소식을 내가 가장 먼저 접한 것인데, 엎친 데 덮친 격으로 마침 그때 집주인인 산시로가 잠시 집을 비우고 있었던지라 방심하고 있었던 나는 완전히 당황해버렸다. 산시로는 그때 현 지역 내의 산간부에 새로 개교한 농업학교에 학무부의 지명을 받고 학기말 한 달 동안 임시 강사로 나가 있었던 것이다. 그 농업학교는 25일부터 겨울방학이 시작될 예정이었다. 그래서 25일 밤에 산시로는 H시의 자택에 돌아갈 예정이었다. 그런데 불행히도 사건은 산시로보다 하루 빠른 24일 밤에 일어나고야 말았다.

산시로가 부재중인 동안에는 아내인 히로코의 사촌동생인 오이카와라는 M대학교 학생이 월초부터 놀러 와 있었다. 이 남자에 관해서는 그리 자세하게 아는 바가 없다. 다만 밝고 어엿한 청년으로, 대학교의 스키 동아리에 가입해 겨울만 되면 설국인 사촌누나네 집으로 놀러 온다는 것만 알고 있었다. H시의 교외에서는 12월만 되어도 처마 밑에서부터 스키를 탈 수 있다. 그 오이카와와 히로코, 그리고 그해 봄부터 막 초등학교를 다니기 시작한, 산시로가 끔찍이 아끼는 외동아들 하루오 세 사람이 빈집에 살고 있었다. 말하자면 오이카와는 산시로 대신 집을 지키는 호위무사나 마찬가지였다. 하지만 기괴한 사건은 그럼에도 불구하고 돌연 일어났다.

12월 24일 그날 밤은 아침부터 먹구름이 하늘에 가득

차 있더니 저녁부터는 눈이 부슬부슬 내리기 시작했다. 그러다 6, 7시에는 점차 강해지더니 한바탕 쏟아져 내렸는데, 8시가 되니 막을 올리듯 뚝 그쳐 갑자기 끊긴 눈들 사이에서 맑은 별하늘이 찬란하게 펼쳐졌다. 이런 급작스러운 기상 변화는 이 지역에서는 새삼 놀랄 일도 아니었다. 겨울이 깊어지면 한중을 중심으로 날씨가 이상하게 말썽을 부렸다. 낮에는 내내 우중충했던 하늘이 밤만 되면 언제 그랬냐는 듯이 활짝 개어 선명한 남빛 밤하늘에 달과 별들이 차갑게 반짝이기 시작한다. 본토 사람들은 이를 '추운 밤이 걷혔다'라고 표현했다.

8시에 늦은 저녁 식사를 마친 나는 이제 여학교도 방학 기간에 들어갔으니 어딘가 남쪽 지방으로 떠날 준비를 하던 참이었다.

산시로가 담임을 맡고 있는 보습과 A반의 미키라는 학생이 불쑥 찾아오더니 산시로의 빈집에서 일어난 사건 소식을 전했다. 나는 추위 속에 찬물을 맞은 기분이 들면서도 재빨리 스키를 신고 서둘러 미키와 함께 달리기 시작했다.

우리가 집을 나왔을 때 시내의 교회에서 크리스마스 전야의 종이 울리기 시작했으니 이제 9시가 되었음이 틀림없다.

　미키라는 학생은 덩치가 큰 풋풋한 소녀로, 어느 여학교에도 두세 명은 있을 법한 조숙한 부류에 속하는 아이 중 하나였다. 외모를 꾸미는 일에 일찍이 눈을 뜨고, 치마 길이가 매번 바뀌고, 공책 구석에 자그마한 글씨로 시인의 이름을 써 내려갔다. 그리고 미키는 곧잘 산시로의 집에 놀러 갔다. 산시로에게 문학을 배우겠다며 산시로가 부재중임에도 자주 방문한 것으로 보아, 목적은 문학이 아니라 오이카와였는지도 모른다. 어찌 됐든 미키는 그날 밤에도 산시로의 집을 찾아갔다고 한다. 그런데 문단속이 되어 있지 않은데도 집 안에 인기척이 없자 수상쩍게 여긴 미키는 여느 때와 같이 가벼운 마음으로 현관의 중문을 열어보았다고 한다. 그리고 집 안에서 이상한 낌새를 느끼고는 거기서 가장 가까운 우리 집까지 뛰어왔다는 것이다.

　우리 집에서 산시로의 집까지는 스키로 10분도 채 걸리지 않는다.

　산시로의 집은 통나무를 적절히 배치한 오두막 감성의 세련된 주택으로, 비슷하게 세 채 늘어선 건물 중 맨 오른쪽 집이었다. 왼쪽 끝의 집은 이미 잠자리에 들었는지 창문에 커튼이 쳐져 있었고, 가운데 집은 어두컴컴하고 '임대'라고 적힌 종이가 벽에 붙어 있었다. 산시로의 집 앞에 도착하자 미키는 겁에 질려 더 이상 꼼짝도 하지 않았다. 그래서 나는 여기서 그다지 멀지 않은, 같은 여학교의 물리 교사인 다베이 선생의 댁으로 그녀를 보내 도움을 청하도록 했다. 그러고 나서 나 역시 굳어버린 몸을 끌고 과감히 산시로의 집에 들어가 보았다.

현관 옆은 아이방이었다. 벽에는 아기자기한 크레파스 그림이 핀으로 고정되어 있었다. 방 중앙에 자리 잡은 화분에 심어진 작은 전나무의 우거진 나뭇가지에는 금색 띠와 색종이로 만든 꽃과 사슬이 걸려 있었고, 흰 솜 눈송이가 그 위에 덮여 있었다. 이것은 산시로가 임시 강사로 나가기 전에 사랑하는 아들을 위해 직접 심어준 크리스마스트리였다.

하지만 그 방에 들어가자마자 가장 먼저 눈에 띈 것은 방 한구석의 작은 책상 앞에 배치된, 크리스마스트리의 작은 주인의 침대였다. 침대 바닥에는 침구가 널브러져 있었고, 그곳에 누워 있어야 할 아이의 모습은 보이지 않았다. 주인을 잃은 크리스마스트리의 은종이 별이 반짝이며 때마침 불어온 바람에 나부끼며 돌아가고 있었다.

그런데 다음 순간, 나는 그 방의 또 한 명의 임시 주인이었던 오이카와가 안쪽 거실로 통하는 중문 입구에 머리를 현관 쪽으로 두고 엎어져 쓰러져 있는 모습을 발견했다. 나는 예기치 못한 상황에 숨을 들이켰지만, 열려 있는 중문을 통해서 거실 안의 어수선한 기색을 느끼고는 다시 마음을 굳게 잡고 중문 입구까지 까치발로 살며시 다가가 발밑에 쓰러진 사람과 비교하듯 거실 안쪽을 둘러보았다.

그곳에는 함석판을 깐 난로에 머리를 들이박듯이 산시로의 아내 히로코가 쓰러져 있었다. 머리카락이 타서 견딜 수 없는 악취가 방 안에 떠다녔다.

나는 겁에 질린 나머지 내 의지와 상관없이 다리가 후들거려 한참 동안 발을 떼지 못했는데, 필사적으로 마음을 다잡고는 몸을 숙여서 발밑에 있는 오이카와의 몸을 슬쩍 만져보았다. 물론 그것은 더 이상 살아 있는 사람의 몸이 아니었다.

오이카와도 히로코도 꽤나 강하게 저항했는지 매우 흐트러진 모습으로 쓰러져 있었다. 두 사람 모두 이마부터 얼굴, 팔, 목과 손깃 노출 부위에 무언가로 미구 찔린 것으로 보이는 보라색 흉터가 보였다. 하지만 이내 그 흉기가 눈에 들어왔다. 오이카와의 발밑 근처에 난로의 부지깽이가 구부러진 상태로 버려져 있었다. 방 안도 심하게 어질러져 있었다. 의자는 넘어져 있고 테이블은 밀려나고, 그 위에 놓여 있었을 것으로 예상되는 커다란 장난감 상자는 소파 앞 바닥에 떨어져 밟혀 부서지고, 안에서 튕겨나간 기차 장난감과 인형, 팽이 등은 같이 튕겨나간 캐러멜과 사탕, 동물 모양의 초콜릿 등과 뒤섞여서 산란되고, 거기서도 작은 주인을 잃은 장난감들의 얼뜬 천진난만함이 감돌고 있었다.

만약 여기가 모르는 사람의 집이었다면 아마 나는 이렇게 꼼꼼하게 현장 상태를 훑어보진 못했을 것이다. 공포에 넋을 잃어 시신을 보자마자 그대로 뛰쳐나와 파출소로 뛰어갔음에 틀림없다. 하지만 이때의 나에게는 눈에 보이는 공포보다 더 무서운 눈에 보이지 않는 공포가 있었다. 내가 그 집에 뛰어 들어갔을 때 가장 중요한 아이의 모습이 보이지 않았다. 희한하게도 눈앞에 살해당한 사람보다 납치당한 아이의 안위에 타는 듯한 불안을 느꼈다. 내게도 오이카와나 히로코와 마찬가지로 부재 중인 산시로에 대한 책임이 있었다.

산시로의 집은 방이 총 네 칸으로 나뉘어 있었다. 그

래서 나는 겁먹은 마음을 억누르면서 나머지 방을 조사하기 시작했는데 아무리 찾아봐도 집 안 어디에도 아이의 모습은 보이지 않았다.

그러다 문득 어떤 사실을 깨닫고는 멈춰 섰다. 그것은 그 참극이 일어난 방의 창문이 열려 있었다는 사실이다. 생각할 것도 없이 분명 이상했다. 이 추운 밤에 방의 창문을 일부러 열어놓았을 리는 없다. 어른 둘을 때려죽이고 아이를 납치한 흉악범이 그 창문을 넘어 문 닫을 새도 없이 황급히 달아나는 모습이 머릿속에 그려졌다. 나는 다시 슬금슬금 원래 방으로 돌아갔다. 그러고는 보이지 않는 적으로부터 몸을 지키듯 벽에 찰싹 붙어서 창밖을 내다보았다.

창문 아래 쌓인 눈 위에는 역시나 내가 예기한 것이 발견되었다. 분명 스키를 신은 것으로 보이는 난잡한 자국이 밤눈에도 또렷하게 보였다. 그 난잡한 자국에서 두 줄의 자국이 달려 나가더니 산울타리의 틈새를 지나 흰 암흑 속으로 사라졌다. 그 암흑 너머의 별하늘 아래서는 아직도 그칠 줄 모르는 크리스마스의 종소리가 악마의 속삭임처럼 저 멀리 섬뜩할 정도로 매우 청명하게 울려 퍼지고 있었다.

나는 주저 없이 결심했다. 그러고는 바로 현관 입구로 돌아가 스키를 신고 밖으로 뛰어나와 부엌문 쪽으로 돌아서 뒤쪽의 열린 거실 창문 아래까지 왔다.

눈 위에 남아 있던 스키 자국은 확실히 두 개였으며, 그것은 한 사람이 탄 자국이 틀림없었다. 지워지지 않도록 주의하면서 산울타리 틈새로 나와 그 자국을 뒤쫓았다.

그런데 미행을 시작한 지 얼마 지나지 않아 유력한 단서가 발견되었다. 그 스키 자국은 평지 활주임에도 불구하고 양손으로 폴을 짚은 흔적이 없었던 것이다. 스키 자국의 왼쪽에는 폴을 짚은 것으로 보이는, 폴 끝에 달린 링으로 눈을 걸어찬 자국이 두세 걸음마다 있는데 오른쪽에는 전혀 없었다.

가슴이 요동치기 시작했다. 예상이 적중한 것이다. 그 스키의 주인은 왼손으로는 폴을 짚었지만 오른손으로는 폴을 짚을 수 없었던 것이다. 그 손으로는 폴 대신에 무언가를 안고 있었음에 틀림없다. 수상한 남자에게 안겨서 발버둥치며 납치당하는 아이의 모습이 눈꺼풀 안쪽에 그려졌다. 내 몸은 점점 더 굳어져 갔고, 전방을 주시하면서 스키 자국을 따라갔다.

의문의 스키 자국은 산울타리를 넘어서 공터를 빠져나가 한산한 뒷골목으로 이어져 있었다. 이 부근은 H시의 교외에서 새로 개발된 주택지로, 정원수가 많은 인가가 드문드문 있어 공터인지 밭인지도 분간하기 어려운 눈 덮인 벌판이 많았다.

이 눈은 저녁부터 8시까지 내린 처녀설로, 아름다운 눈의 표면에는 다른 스키 자국은 거의 없고, 이따금 인가 앞에서 새로운 스키의 자국과 교차하거나, 개의 발자국과 섞인 것 외에는 의문의 스키를 방해하는 것은 없었다. 워낙 상대가 상대인 만큼 나는 전율에 몸서리치면서 한층 주의 깊게 고요한 밤하늘 아래를 계속 달렸다.

의문의 스키 자국은 마침내 뒷골목을 오른쪽으로 꺾어 넓은 눈의 벌판으로 들어갔다. 그 공터 너머에는, 산시로의 집 앞을 지나서 시내로 통하는 큰길이 있다. 스키 자국은 시내 쪽을 향해 그 공터를 사선으로 가로질러 아무래도 큰길로 갈아탈 모양이었다. 이대로 가면 도중에 경관에게 도움을 요청할 수 있을지도 모른다. 나는 갑자기 힘이 나서 상당히 넓은 그 벌판을 큰길을 향해 사선으로 달렸다. 하지만 이런 나의 생각은 터무니없는 결과로 끝나버렸다.

애초에 스키 자국이 큰길로 갈아탔다고 생각한 것이 잘못이었다. 처음에는 그런 줄로 알고 눈의 벌판을 사선으로 가로질러 가고 있던 나는 이미 그 벌판을 반 이상이나 지났을 때 어느 순간부터인가 의문의 스키 자국을 놓쳤다는 사실을 깨달았다. 깜짝 놀란 나는 급히 사방을 둘러보았다. 하지만 눈의 표면에는 아무것도 없었다. 단지 내가 지나온 자국만이 조금씩 고부라지면서 아주 유유히 남아 있을 뿐이었다.

나는 스스로를 다그치면서 서둘러 오른쪽으로 돌아갔다. 주변을 바삐 살펴보면서 공터 입구를 향해 후퇴하기 시작했다. 아무리 되돌아가도, 아무리 둘러봐도 의문의 스키 자국은 보이지 않았다. 묘한 상황에 나는 더욱 허우적거리기 시작했다.

결국 공터 입구 근처까지 와서야 희부연 눈의 표면에 어렴풋이 남아 있는 스키 자국을 다시 발견할 수 있었다. 나는 안도의 한숨을 내쉬고, 이번에야말로 놓치지 않도록 그 스키 자국에 바싹 붙어 실이라도 끌어당기듯이 나아갔다. 이렇게 뒤따라가 보니 역시 그 스키 자국은 벌판을 사선으로 가로질러 큰길 쪽으로 향해 있었다. 어쩌다 이것을 놓쳤을까. 나는 재삼 자신을 다그치면서 스키 자국을 주시하며 조심스레 쫓아갔다. 이번에야말로 주의해서 가고 있는데 나는 드디어 정말이지 엄청난 사실을 깨달아버렸다.

벌판 한가운데까지 오자, 어찌 된 일인지 그 의문의 스키 자국은 심하게 연해져 있었다. 원래부터 있던 눈 위에 쌓인 새로운 눈 위의 자국은 결코 깊지 않았는데 그보다 더 얕다니 무슨 경우인가. 앞으로 가면 갈수록, 걸으면 걸을수록 점점 얕아지고 연해졌다. 놀라움을 뒤로하고 드디어 공터 한복판까지 오자, 마치 그 위를 타고 가던 것이 그대로 밤하늘 위로 날아간 것처럼 그림자가 엷어져 끝내는 완전히 사라져버렸다.

그 사라진 모습도 그렇고, 아무리 생각해봐도 스키의 주인에게 날개가 달렸거나, 아니면 지나간 후에 눈이 내려 자국이 지워졌다고밖에 생각할 수 없을 만큼 기괴하면서도 깨끗이 사라져 있었다.

나는 갈팡질팡하면서도 무아지경으로 생각했다. 하지만 앞서 말했듯 저녁부터 한바탕 내려 쌓인 눈은 8시에 딱 그쳐버렸고, 그 이후에 눈은 내리지 않았다. 비록 내렸다고 해도, 여기 너머의 자국을 지운 눈이 왜 현장부터 여기까지의 자국은 지우지 않은 것일까? 내린 눈은 고루

쌓여 모든 자국이 지워져야 할 것이다. 그렇다면 이 벌판에 기묘한 눈보라 현상이 일어나서 바람에 흩날린 눈이 그 부분의 자국을 지운 것이 아닐까? 하지만 그런 눈보라를 일으킬 만한 바람은 그날 밤에 불지 않았다. 나는 신들린 듯이 눈의 벌판에서 꼼짝도 하지 못하고 서 있었다. 아직 멈추지 않은 음침한 종소리가 악마의 비웃음처럼 맑은 공기를 떨게 했다.

하지만 언제까지나 멍하니 서 있을 수만은 없었다. 납치당한 아이의 목숨이 위태로운 상황이다. 집에는 두 시신이 있다. 이제 그 사실을 한시라도 빨리 경찰에 신고해야 한다.

나는 그렇게 다짐하고는 곧바로 시내를 향해 달리기 시작했다. 가장 가까운 파출소로 뛰어 들어가 사건을 알리고, 그곳의 젊은 경관과 함께 왔던 길을 되돌아가면서도 나는 눈의 벌판의 사라진 자국만을 생각하고 있었다.

마침내 산시로의 집에 도착했을 때는 일찍이 사건 냄새를 맡고 나온 인근 주민들이 하나둘씩 스키를 신고 경찰에 신고하러 가려던 참이었다. 산시로의 집 앞에는 그 사람들 사이에 끼어 넋을 잃은 미키가 금세라도 울음을 터트릴 것만 같은 얼굴로 서 있었다. 집 안에는 미키가 불러온 다베이 선생이 아마 나와 똑같은 생각을 한 것인지, 이 방 저 방 문을 열어보며 아이의 행방을 찾고 있었다.

경관은 집 안으로 들어가 현장을 보더니, 즉시 다베이 선생과 나에게 본서에서 담당관이 올 때까지 현장의 방을 어지르지 않도록 주의했다. 그리고 산시로의 서재로 쓰이는 별실에 자리를 잡더니 밖에 있던 미키도 불러서 참고인 조사를 하기 시작했다.

미키도 나도 잔뜩 긴장한 나머지 앞서 말한 발견까지의 경위나, 이 집 식구들에 관한 설명을 옆에서 덧붙이거나 되돌아가면서 진술했다. 하지만 다베이 선생은 매우 침착했고 말수도 적었다.

이윽고 몇몇 부하를 거느리고 나온 상사로 보이는 살찐 경관이 도착하자 현장 조사가 시작되었다. 여기저기서 플래시를 터뜨리면서 현장 사진을 찍어나갔다. 방 조사를 끝마치자 경관들은 집 밖으로 나가 창 아래로 모여들었다. 살찐 상관은 나와 같이 온 젊은 경관에게 보고를 받거나 시체 상태를 관찰하고 있었는데, 창밖의 경관들이 산울타리 틈을 비집고 지나가 건너편의 공터로 술렁술렁 스키 자국을 미행하기 시작하자, 가만히 있지 못하겠다는 듯이 젊은 경관에게 뒷일을 맡겨두고 창밖으로 나갔다.

나는 산시로에게 전보를 써서 미키에게 주고 우체국으로 보냈다. 그리고 비로소 차분해진 마음으로 다베이 선생과 마주 앉았다.

다베이 선생은 아까 내가 경관에게 이것저것 설명할 때부터 이미 침착했지만, 그즈음에는 한층 더 침착하게 무언가 깊은 생각에 잠긴 모양이었다. 도대체 무슨 생각을 하고 있는 것일까?

무언가 특별한 단서라도 찾은 것일까?

"다베이 선생님."

나는 대담하게 말을 걸었다.

"선생님은 이 사건을 어떻게 생각하시나요?"

"'어떻게'라뇨?"

다베이 선생은 고개를 들어 눈을 깜박거렸다.

"그러니까 말이죠."

나는 건너편 방 쪽을 쳐다보며 이렇게 말했다.

"선생님도 실제로 보면 아시겠지만, 그런 참혹한 짓을 한 데다 아이를 납치해서 도주한 남자의 발자국이 마치 공중으로 날아간 것처럼 사라졌으니까요. 이상하지 않나요?"

"그러네요. 확실히 이상하네요. 하지만 이상하다고 하면 이 사건은 처음부터 이상한 것투성이에요."

"그건 또 무슨 소리죠?"

"선생님은 저 방에 널브러져 있는 장난감이나 과자가 처음부터, 그러니까 이런 사건이 일어나지 않았을 때부터 있었다고 생각합니까?"

"글쎄요. 역시 사건 전부터 저 방에서 먹거나 가지고 놀았던 것이 아닐까요?"

"저는 그렇게 생각하지 않는답니다. 적어도 먹다 만 것이라면 캐러멜이든 초콜릿 은박지나 포장지가 버려져 있어야 하는데, 아까 경관이 오기 전에 살펴봤을 때는 아무것도 없었거든요. 게다가 저쪽에 굴러다니는 장난감은 모두 새것이고, 무엇보다 소파 앞에 내던져져서 찢어진 장난감 상자가, 차 같은 물을 쏟은 자국도 없는데 젖어 있는 것은 이상합니다. 젖어 있었던 이유는 상자 뚜껑 위에 조금 묻어 있던 눈이 실내 온도로 녹은 것이 아닐까 싶어요. 이런 건 굳이 말하지 않아도 아시겠지만요."

다베이 선생은 여기까지 말하고는 이번에는 어조를 바꿔서 내 눈을 지그시 들여다보며 말했다.

"의문의 재료는 처음부터 갖춰져 있답니다. 크리스마

스 밤에 흰 눈 사이로 스키를 타고 창문으로 출입했다가 천국으로 돌아간 사람……."

다베이 선생은 잠시 침묵을 지킨 뒤, 다시 한 번 내 눈을 재촉하듯 바라보면서 이렇게 말했다.

"과연 누구라고 생각하시나요?"

"아아……."

나는 나도 모르게 신음해버렸다.

"선생님은 설마 산타 할아버지를 말씀하시는 건가요?"

"맞습니다. 저 방에, 쉽게 말하자면 산타 할아버지가 나타난 거죠."

나는 적잖이 놀랐다.

"그런데 굉장히 잔인한 산타 할아버지네요?"

"그럼요, 어마어마한 산타 할아버지죠. 아마 악마가 산타 할아버지로 둔갑한 것일지도 몰라요."

여기서 다베이 선생은 갑자기 진지하게 일어서서 말했다.

"그런데 아무래도 그 정체가 드러나기 시작했어요. 저는 이 수수께끼를 이제 반 이상 풀었거든요. 자, 이제부터 산타 할아버지의 뒤를 쫓아가 봅시다."

다베이 선생은 거실 입구까지 가서 거실에서 현장 상

황을 끊임없이 필기하고 있던 경관에게 외출을 허락받자 내게 눈짓하며 현관 입구로 나갔다. 나는 영문도 모른 채 자신만만한 다베이 선생의 태도에 이끌려 비슬비슬 일어났다. 그리고 이제부터 추격할 그 기괴한 스키의 흔적과, 그 흔적의 종점에서 지금쯤 팔짱을 끼고 밤하늘을 바라보고 있을 살찐 경관의 모습을 떠올리면서 다베이 선생의 뒤를 따라 나섰다.

하지만 밖으로 나온 다베이 선생은 어찌 된 일인지 뒷문으로 돌아가지 않고, 산울타리 대문에 서서 바깥길을 둘러보기 시작했다. 그곳의 눈 위에는 집에 드나든 몇몇 발자국이 뒤섞여 있었고 인근 주민들이 창백한 얼굴로 서 있었다. 도대체 어떻게 된 일인가.

"다베이 선생님, 발자국은 뒷문부터인데요."

"아, 그거 말입니까?"

다베이 선생은 뒤를 돌아보고 이렇게 말했다.

"그건 이제 필요 없어요. 저는 또 하나의 흔적을 찾고 있는 겁니다."

"또 하나의 흔적이라고요?"

나도 모르게 그렇게 되물었다.

"맞습니다."

다베이 선생은 웃으며 말했다.

"창밖에는 한 사람의 스키 자국이 있었을 뿐이지요. 그런데 그거로는 왕복한 것이 되지 않잖아요. 산타 할아버지가 창문으로 나갔다면 또 하나 들어온 자국이 있어야 하고, 창문으로 들어왔다면 나간 자국이 있어야 하는 거죠."

그렇게 말하고는 산시로 집의 지붕 쪽을 바라보며 웃었다.

"아무리 산타 할아버지라도 저 좁은 굴뚝으로 들어가진 않았겠죠. 이건 동화책 이야기가 아니니까요."

하긴, 어디서든 들어온 흔적이 있어야 한다. 나는 자신의 무지함을 깨닫고는 괜스레 낯부끄러워졌다. 하지만 그 순간 문득 번개처럼 어떤 생각이 떠올랐다.

"다베이 선생님, 알았어요. 8시 전에는 눈이 내리고 있었잖아요. 그래서 산타 할아버지는 8시 전에 여기에 들어와서 8시 넘어 눈이 그치고 나간 거예요. 그래서 들어갔을 때의 흔적은 눈으로 지워지고 나갔을 때의 흔적만 남은 거죠."

그러자 다베이 선생은 의외로 조용히 고개를 저었다.

"그것이 큰 오산이었던 거예요. 물론 그 추리도 어느

정도 일리가 있지만요. 저도 처음에는 그 창문 아래에 흔적이 하나만 있는 것을 보고 그렇게 생각했답니다. 하지만 나중에 선생님에게 그 흔적이 사라졌다는 이야기를 들었을 때는 그 추리가 잘못된 것임을 깨달았죠. 문제는 도중에 사라진 발자국에 있습니다."

"그 말인즉……?"

"그럼 역시 눈이 내린 건가요?"

"그렇죠."

"그럼 왜 그 눈은 그리도 엉성하고 불공평하게 내린 건가요?"

그러자 다베이 선생은 내 어깨에 손을 얹었다.

"선생님은 추리의 출발을 잘못 짚으신 겁니다. 자, 들어보세요. 방 안에서 사람이 살해당하고 소중한 아이가 납치되었습니다. 그리고 창문이 열려 있고 바깥의 눈 위에 분명 한 손으로 아이를 안고 갔을 것으로 보이는 폴 자국이 있습니다. 이렇게 여기까지 관찰되는 동안, 선생님은 아이를 납치한 괴인이 그 창문으로 달아났다고 추리해버렸죠. 그것이 오산이었던 겁니다."

그렇게 말하더니 다베이 선생은 목소리를 가다듬고 이번에는 손짓을 더해가며 덧붙였다.

"그럼 하나, 이런 경우를 생각해봅시다. 이렇게 눈이 펑펑 내리는 가운데 한 사람이 걷고 있었다고 합시다. 그런데 그 사람이 걷고 있는 도중에 갑자기 눈이 그치고 하늘이 개었다면, 그 경우 그 사람의 발자국은 어떤 식으로 남을까요? 눈이 내리고 있을 때는 발자국이 찍혀도 바로 지워지지만, 눈이 딱 그쳐버리면 거기서부터 발자국이 생기기 시작하겠죠. 그 발자국을 그 사람이 지나간 방향과 반대로 더듬어 가면 마치 사람이 사라진 것처럼 그 발자국은 연해지고 끝내는 사라지겠죠. 그러니까 사람이 지나간 후에 눈이 내린 것도 아닌 데다, 눈이 그친 후에 사람이 지나간 것도 아니고, 실제로 사람이 길을 걷고 있는 도중에 눈이 그친 겁니다. 이제 그 사라진 발자국의 정체를 아시겠죠? 그 발자국의 주인은 이 집의 창문에서 나간 것이 아니라 반대로 들어왔던 겁니다. 게다가 오늘 밤 눈이 그친 것은 정확히 8시경이었으니 그 산타 할아버지가 시내에서 와서 이 집 창문으로 침입한 시간도 일단 8시경이라고 짐작할 수 있겠네요."

"과연, 이해했습니다."

나는 머리를 긁적이며 덧붙였다.

"그렇다면 저 한쪽만 있는 폴 자국은 어떻게 된 건가요?"

"그건 말이죠, 그건 아무것도 아닙니다. 선생님이 처음에 생각하신 대로 역시 그 산타 할아버지는 짐을 한손에 들고 있었던 겁니다. 하지만 그것은 아이가 아니라 저방에 굴러다니던, 눈에 젖은 커다란 장난감 상자였던 겁니다. 산타 할아버지의 선물이었던 거죠."

여기서 다베이 선생은 설명을 보충했다.

"자, 이제 대부분 밝혀졌습니다. 창문의 발자국은 분명 바깥에서 들어온 것이고, 달리 나간 발자국도 없고, 집 안에도 산타 할아버지의 모습은 물론 아이의 그림자조차 없다면, 이 현관에서 산타 할아버지와 아이가 나간 것이 분명한 거죠. 선생님이 처음에 여기 오셨을 때 현관에 그럴싸한 발자국은 없었나요? 그들은 당신보다 먼저 이곳을 나갔으니까요."

"글쎄요. 그때는 정신이 없어서……."

"그럼 어쩔 수 없죠. 조금 번거롭더라도 이 많은 발자국들 중에서 폴을 짚은 자국을 찾아봅시다."

다베이 선생은 그렇게 말하고는 허리를 숙여 그럴싸한 자국을 찾기 시작했다. 물론 나도 그를 뒤따라 희부연 눈빛 속을 서성거렸다. 바깥길의 구경꾼들은 무슨 일이 일어난 줄 알고 호기심 가득한 눈으로 우리의 행동을 지켜보았다.

눈 위에는 우리나 경관들의 스키 자국이 여럿 뒤섞여 좀처럼 폴 자국을 찾을 수가 없었다. 스키 자국의 종점까지 다녀온 경관들이 돌아왔는지 집 안이 어딘지 소란스러웠다.

그때 다베이 선생이 내게 와서 대뜸 물었다.

"당신보다 먼저 여기에 온 사람은 그 A반의 미키 학생이었죠? 미키 학생은 어른용 스키를 신었겠죠?"

나는 수긍했다.

"그럼 역시 아이 것이네요."

다베이 선생은 이렇게 의미심장한 말을 하고서, 바깥길에서 산울타리까지 나를 데리고 가더니 그곳에 남아 있는 두 쌍의 스키 자국을 가리키며 말했다.

"폴 자국이 없는 건 당연한 것이었어요. 아이는 산타 할아버지에게 안겨서 간 것이 아니라 산타 할아버지를 따라 스스로 스키를 신고 간 것이었어요."

과연, 눈 위에는 어른용 스키와 폭이 약간 좁은 스키 자국이 나란히 바깥길을 향하고 있었다.

"자, 취조에 불려 나가기 전에 서둘러 이 자국을 따라가 봅시다."

우리는 곧바로 스키를 타고 달리기 시작했다.

이제 제법 시간도 지났으니 그 스키 자국의 주인들이 어디까지 갔는지 모른다. 처음에 나는 그렇게 생각하고 스키를 타고 있었는데, 산울타리를 따라 50미터 정도 간 곳에서 갑자기 그 흔적들은 무언가를 피하기라도 하듯 두 개 모두 오른쪽으로 방향을 틀고 있었다. 나는 움찔했다. 그곳은 옆의 빈집이었다. 두 흔적은 자그마한 울타리 입구로 들어가 현관이 아닌 깜깜한 건물 옆으로 돌아간 모양이었다. 우리는 마른침을 삼키며 계속 추적했다.

"의외로 가까이 있었네요."

다베이 선생이 걸으면서 창백한 얼굴로 말했다.

"아무래도 불길한 결과가 될 거 같네요. 그런데 선생님은 산타 할아버지가 누구일 거라고 생각하세요? 이제는 아실 법도 한데요."

나는 몸을 떨면서 고개를 힘껏 저었다. 다베이 선생은 빈집 마당에 들어서면서 이렇게 말했다.

"알고 있지만 말하기 어려우신 건 아닌가요? 이 경우, 산타 할아버지가 되어 창문으로 들어가 선물을 줄 정도의 사람은 누구일까요? 게다가 아이는 억지로 끌려가지 않고 제 발로 스키를 타고 왔죠. 아마 7시 반경 이 H시에 도착하는 기차가 있지 않나요? 저는 왠지 그 기차를 타고 예정보다 하루 빨리 아사미 선생이 돌아온 것이 아닐까 싶어요."

"뭐라고요? 범인이 아사미 선생이라고요?"

나도 모르게 소리쳤다.

"그럴 리 없어요. 설령 아사미 선생이 돌아왔다고 해도 왜 이런 잔인한 짓을……. 아니, 그렇게 가정을 아낀 사람이 그런 짓을 할 리가 없잖아요!"

하지만 그때 이미 빈집의 뒤쪽으로 돌아가 있었던 다베이 선생은 그곳 창문 밑에 두 쌍의 큰 스키와 작은 스키가 벗어 던져진 것을 발견하자마자 열려 있던 창문으로 뛰어 올라가 어두컴컴한 방으로 들어갔다. 그에 이어서 창틀에 뛰어 올라간 나는 그 순간 어둠 속에서 떨리는 다베이 선생의 신음 소리를 들었다.

"아…… 역시 늦었군……."

어둠에 눈이 익숙해짐에 따라 나도 그제야 천장에 달린 커튼 줄로 목을 맨 아사미 산시로의 아주 변해버린 모습을 보았다. 그 발밑에는 허리띠로 목이 졸린 아이가 잠자듯 누워 있었다. 초콜릿 구슬이 두세 개 굴러다니고 있었다. 그 옆에는 정갈하게 접힌 종잇조각이 놓여 있었는데, 다베이 선생은 그것을 집어 들어 표지를 힐끗 보더니 말없이 내게 내밀었다. 그것은 산시로가 내게 쓴 유일한 유서였다. 눈에 비친 달빛에 의지해 급하게 쓴 것으로 보이는 날림 글씨였지만, 창틀에 기대어 나는 몸을 떨면서도 간신히 읽어나갔다.

하토노 선생.

나는 드디어 지옥에 떨어지고 말았네. 하지만 자네만큼은 사건의 진상을 알았으면 하네.

농업학교는 눈사태로 예정보다 하루 빨리 방학을 맞이했어. 7시 반 기차로 시내에 도착한 나는 오늘 밤이 크리스마스이브인 것을 깨닫고 아들 선물을 사서 서둘러 집으로 돌아갔지.

자네라면 내가 얼마나 평범한 남자이고, 아내와 아들과 가정을 얼마나 사랑했는지 잘 알 거야. 나는 아내와 아들이 예정보다 하루 빨리 돌아온 나를 보고 얼마나 좋아할지 상상하면서, 조금 더 놀라게 해주고 싶은 마음에 문득 산타 할아버지가 떠올랐어. 나는 행복감에 터질 듯한 마음으로 일부러 집 뒤쪽으로 돌아가 소리를 죽이고 거실 창가까지 겨우 가서는 조용히 스키를 벗고 폴을 짚고 창틀에 올라타, 깜짝 놀라며 기뻐하는 집사람의 얼굴을 마음속으로 그리면서 유리문을 열었어.

아, 그런데 나는 거기서 절대로 보아서는 안 되는 것을 보고 말았어. 방에 들어가서 나는, 소파 위에서 서로 부둥켜안으며 떨고 있는 오이카와와 아내 앞에 나의 지금까지의 행복의 덩어리와 같았던 장난감 선물 상자를 던져주었어.

하지만 하토노 선생, 어째서 그런 걸로 들끓는 증오가 사라지겠는가. 그러고 나서 내가 눈물을 흘리면서 부지깽이로 무슨 짓을 했는지 이제 자네는 알고 있을 거야. 나는 옆방에서 잠에서 깬 하루오에게 내가 한 짓을 들키지 않으려고 하루오를 속여서 밖으로 데리고 나와 도망쳤어. 하지만 나는 이제 도망갈 길을 잃어버렸네. 설령 도망칠 장소가 있었다고 해도 이 상처받은 마음이 어떻게 달래지겠는가.

하토노 선생. 나의 이 어두운 여행의 출발이 사랑하는 아들과 둘뿐인 것에 그나마 위안 삼고 가려네.

그럼, 안녕히.

산시로

창밖에는 어느새 밤바람이 일어 조화와 같은 눈보라가 흩날렸고, 때마침 그쳤던 교회의 종소리가 다시 가늘고 길게 떨리는 내 마음을 물처럼 쥐어짰다.

(『신청년(新青年)』 1936년 12월호)

침입자

闖入者

1

후지산 북쪽 기슭, 요시다초에서 남쪽으로 4킬로미터 정도 떨어진 스소노시의 산중에 누군가가 세운 한적하고 큰 별장이 있다. 가쿠인소(岳陰莊)라 불리는 이곳은 짙은 담쟁이덩굴이 잿빛 벽을 덮고 있다. 멀리 뒤쪽으로는 험악한 용암류로 만들어진 괴상한 용암대지를 등에 업고 앞쪽으로는 야마나카 호수를 둘러싼 울창한 삼림을 끼고 약간 높은 산등성이 위에 그림처럼 고요하게 서 있다. 서양화가 가와구치 아타로가 앞뒤가 맞지 않는 기묘한 그림 한 장을 남기고 갑자기 괴이한 죽음을 맞이한 것은 이 조용한 산장의 2층 동쪽 방이었다.

이 사건은 이른 봄 드물게 맑게 갠 늦은 오후에 일어났다. 이 근처에서는 좀처럼 볼 수 없는 젊은 남녀 셋이

마치 적외선 사진 같은 길을 따라 짐 몇 개를 가지고 찾아왔다. 화가로 보이는 두 남자는 가와구치 아타로와 그의 친구 곤고 세이지, 여자는 아타로의 아내 가와구치 후지였다. 곧 세 사람이 가쿠인소 현관에 도착하자 미리 연락받은 듯한 나이 지긋한 산장지기 부부가 일행을 맞이했다.

곧 욕실 굴뚝에서 하얀 연기가 피어오르고 장작 패는 도끼 소리가 주변 나무숲으로 맑게 울려 퍼졌다. 하지만 2시간이 채 지나지 않아 의사처럼 보이는 검은 가죽 가방을 든 남자가 급히 달려오고 경찰 몇몇이 시끄러운 엔진 소리를 내며 오토바이를 몰고 와 가쿠인소는 예사롭지 않은 분위기에 휩싸였다. 마치 세 명의 방문객이 일부러 조용한 산속으로 소란의 씨앗을 가져온 것 같았다.

마침 아름답게 황혼이 드리운 때로, 특히 맑은 날이면 이 근처는 북서로 우뚝 솟은 미사카산맥이 타는 듯한 석양을 가로막아 주위 산등성이와 골짜기의 나무숲은 어둠에 갇힌다. 또 그것이 불 같은 서쪽 하늘의 여광을 받아 살짝 붉어진 생물의 독기처럼 빛나고 곳곳에 점점이 빛나는 거울 같은 후지산의 다섯 개 호수의 차가운 물의 빛을 아로새겨 선명하고도 기괴하며 화려한 무늬를 짜

내어 차갑게 멀리 우뚝 솟은 후지산을 산허리까지 부드러운 연보랏빛으로 물들인다. 반면 동쪽 하늘은 삐뚤어진 본성을 드러낸 하코네산이 어디서 왔는지 모를 엷은 안개 머릿병풍을 둘러치고 검은 모습을 감춘 채 어둠 속으로 빠져든다. 드디어 산장의 창문에 불이 켜졌다. 그 창문에 분주한 사람의 모습이 비친다. 이야기하는 것을 깜박했는데, 가쿠인소는 2층 양옥으로 북쪽에 문이 있고 아래층에는 5개, 위층에는 동쪽과 남쪽에 각각 방이 하나씩 있다. 2층의 두 방에는 각각 동쪽과 남쪽으로 큰 창문이 하나씩 있었다. 사망한 가와구치 아타로는 2층 동쪽 방에서 발견됐다.

아직 옷도 갈아입지 않은 채 입고 온 옷 위에 작업복을 걸치고 오른손에 붓을 꽉 쥐고 방 한가운데 뒤로 넘어진 듯 쓰러져 있는 가와구치 앞에는 소형 이젤 위에 거의 완성된 작은 캔버스가 놓여 있었다. 팔레트는 난잡하게 내던져져 있었고 린시드유 병은 바닥에 쏟아져 있었다. 아마 가와구치가 뒤로 넘어지면서 그 오일을 밟고 미끄러졌을 것이다. 가와구치의 시신은 'ㄱ'자 모양으로 바닥을 긁고 있는 것 같았다.

급보를 듣고 요시다초에서 달려온 의사는 검시 결과,

사인은 후두부 타박에 의한 뇌진탕이라고 말했다. 경찰들은 곧바로 증인 조사에 착수했다.

처음 신문을 받은 곤고는 자신들의 선배이자 은사인 쓰다 하쿠테이가 반년쯤 전에 이 가쿠인소를 매입한 것, 최근 가와구치와 둘이서 가쿠인소를 사용하고 싶다고 쓰다에게 부탁했더니 흔쾌히 승낙하여 당분간 머무를 계획으로 셋이서 조금 전에 이곳에 도착한 것, 죽은 가와구치는 오늘 아침 쓰다 부부의 배웅을 받으며 도쿄를 떠날 때부터 뭔가 묘하게 이해되지 않는 듯한 표정으로 몹시 우울해했지만 이 집에 도착했을 무렵부터는 어느 정도 활기를 되찾은 것, 사건이 일어났을 때 자신은 욕실에 있었던 것, 가와구치 부부는 2층의 방 두 개를 사용하고 자신은 산장지기 노부부와 함께 1층을 쓰기로 했던 것 등을 비교적 침착하게 대답했다.

이어서 가와구치의 아내 후지도 곤고와 마찬가지로 가와구치가 도쿄를 출발할 때부터 우울해 보였다고 말했지만 남편이 아무 말도 해주지 않았기 때문에 왜 우울했는지는 전혀 모른다고 대답했다. 그래도 이 집에 도착해서 처음 보는 주변 풍경이 마음에 들었는지 꽤 밝아져 자신이 쓰기로 한 동쪽 방으로 그림 도구를 가지고 가

곤고에게 빨리 스케치를 하고 싶으니 먼저 씻으라고 말하고 방으로 들어갔다고 한다. 후지 자신은 그 옆의 남쪽 방에서 짐 정리를 하고 방 안을 꾸몄다고 한다. 그리고 5시 정도에 동쪽 방에서 사람이 쓰러지는 소리를 듣고 달려가 보니 남편이 죽어 있었다고 작은 목소리로 속삭이듯 대답했다.

별장을 관리하는 노인 도다 야스키치는 사건이 일어난 5시 전후 1시간 동안 욕실 뒷마당에서 장작을 패고 있었다고 대답했고, 그의 아내인 도미는 요시다초까지 장을 보러 갔다고 말했다.

네 사람은 비교적 솔직하게 진술하여 가와구치의 죽음과 아무런 관련이 없어 보였다. 그런데 앞서 말한 것처럼 붓을 쥐고 쓰러진 가와구치 근처에 있던 묘한 사생화가 그 자리에 있던 서양화를 좋아하는 의사의 관심을 끌었다.

그 문제의 그림은 6호 풍경 캔버스에 거친 터치로 바로 그린 것인데, 캔버스 중앙에는 커다란 연보랏빛 후지산이 상단의 저녁 하늘을 배경으로 또렷하게 솟아 있고 하단에는 50~60미터 앞에 있는 나무숲이 전부 백록색으로 칠해져 있었다. 화면도 작고 구도도 평범해서 그림으로는 극히 보잘것없는 습작이었다. 원래 가와구치는 그가 속한 급진적 성향의 협회와는 달리 온건한 사실파인 쓰다의 제자인 만큼 견실한 사실적 화풍이 독특한 신인으로 인정받고 있었다. 그런데 계속 말했듯이 이 가쿠인소의 위치는 후지산 북쪽 기슭이며 2층의 동쪽과 남쪽 방에는 각각 동쪽과 남쪽에 큰 창문이 하나씩 달려 있었다. 그런데 여기 처음 왔다는 사실파 화가 가와구치가 동쪽으로 창문이 난 동쪽 방에 틀어박혀 해가 질 무렵의 후지산을 스케치했다고 한다. 간단히 말해서 가와구치는 동쪽의 풍경밖에 보이지 않는 동쪽 방에서 남쪽으로 보이는 후지산을 그리고 있었다. 즉 바로 옆 남쪽 방에 가면 충분히 볼 수 있는 후지산의 풍경을 일부러 하코네 산밖에 보이지 않는 동쪽 방에 틀어박혀 그리고 있었다는 것이다. 이것은 확실히 이상하다. 서양화가 취미인 의사가 여기에 의문을 가지게 된 것이다. 그러자 곤고가 설령 사실파인 가와구치라도 때로는 사실을 떠나 머리로만 생각하여 그릴 때도 있지 않겠느냐고 끼어들었다. 하지만 의사는 결코 머리로만 생각해서 그린 그림이 아니라는 증거로 자신이 조금 전 이 집에 도착하자마자 2층 방 사이 복도에서 활짝 열려 있던 남쪽 방문을 통해 아직 완전히 해가 저물지 않은 창밖으로 이 유화와 똑같은 풍경을 보았다고 말했다. 그리고 어안이 벙벙해진 사람들을 쳐다보더니 가방을 들고 모자를 아무렇게나 눌러 쓰고 돌아서서 내뱉듯 말했다.

"그러니까 이 그림은 이 방 창문으로 보이는 풍경이 아니고 확실히 저 남쪽 방 창문으로만 보이는 풍경입니다. 뭐, 내일 한번 시험해보시든지요."

2

　의사의 주장은 다음 날 바로 확인되었다.

　의사가 말한 대로 2층 남쪽 방 창문으로 가와구치가 그린 사생화와 똑같은 풍경이 보였다. 중천에 걸린 후지산의 모습도 그렇고 바로 50~60미터 앞에 있는 백록색 나무숲도 그렇고 아침과 저녁 사이에 색의 차이가 조금 있다 해도 의심할 여지 없는 똑같은 풍경이었다. 더구나 가와구치가 남긴 사생화는 여러 물감을 겹겹이 칠해서 마지막에 완성하는 것이 아니라 그냥 봐도 처음부터 바로 대담하게 최종적인 색채를 입히는 방식으로 그렸기 때문에 이 그림은 거의 완성된 상태였다. 색채로 봐도 의심할 여지가 전혀 없었다.

　무엇보다 가와구치가 쓰러져 있던 동쪽 방 창문에서

도 50~60미터 떨어진 곳에 남쪽 방 창문으로 보이는 것과 같은 형태의 나무숲이 있기는 하지만 백록색이 아니라 밝은 햇빛 아래서 확실히 암녹색을 띠고 있었다. 그리고 그 나무숲 너머로 하코네산이 구불구불 길게 누워 있었다.

이제는 사태가 명료하다. 경찰은 이 그림이 그려졌을 때 가와구치의 소재에 대해 의심하기 시작했다.

죽은 사람에게 발이 달렸다? 이런 말이 있다면 바로 이 경우에 해당할 것이다. 남쪽 방에서 죽은 가와구치가 혼자서 동쪽 방까지 걸어오지 않는 한 누군가가 남쪽 방에서 창밖 풍경을 그리던 가와구치의 후두부를 둔기로 내려쳐서 죽이고 어떤 목적으로 동쪽 방으로 옮긴 다음 그림 도구까지 그대로 동쪽 방으로 가지고 와서 어떻게 해서든 가와구치가 동쪽 방에서 변사한 것처럼 꾸몄다고밖에 생각할 수 없다. 그러면 가와구치의 시신을 옮기고 이런 수상한 모습으로 꾸민 사람은 도대체 누구일까? 당연히 경찰은 사건 당시 계속 남쪽 방에 있었다고 주장하는 가와구치의 아내 후지를 의심했다.

후지가 수상하다.

후지의 진술에 거짓은 없을까?

가와구치가 남쪽 방에서 살해되었을 때, 그의 아내 후지는 도대체 남쪽 방에서 무엇을 하고 있었을까?

거기서 뚱뚱한 사법주임(제2차세계대전 전에 범죄 수사를 담당하던 경찰관)은 한 번 더 엄중한 신문을 시작했다.

그러나 두 번째 신문에서도 후지의 진술은 처음과 조금도 다르지 않았다. 뒤이어 이루어진 곤고, 산장지기 도다 부부의 신문 결과도 지난번과 똑같았다. 오히려 후지가 사건 당시 분명히 남쪽 방을 떠나지 않고 줄곧 창가에서 짐 정리하던 모습을, 곤고는 뒷마당에 있는 욕실의 탕에 몸을 담근 채, 도다는 그 욕실 뒷마당에서 장작을 패면서 2층의 커다란 창문 너머로 봤다고 약속이나 한 듯 강조했다. 그리고 잠시 후 그 모습이 갑자기 보이지 않더니 바로 다시 나타나 아래에 있던 자신들에게 큰 소리로 가와구치의 죽음을 알렸다고 도다가 덧붙였다. 그렇다면 후지는 짐 정리를 하면서 가와구치를 때려죽일 정도의 여유는 있었을지 몰라도 시신을 구부러진 복도를 통해 동쪽 방으로 운반하고 그림 도구까지 옮겨서 가짜 현장을 꾸며낼 여유는 없었을 것이다. 하지만 그렇다고 해서 두 증인의 말을 무조건 믿을 필요는 없다. 아무리 신용한다고 해도 목욕물에 몸을 담그거나 장작을 패면서 잠시도 눈을 떼지 않고 위만 쳐다봤을 리 없다. 만일 후지가 결백하다면 도대체 누가 가와구치를 죽이고 시신을 옮긴 것일까? 가와구치 부부 이외에 또 다른 인물이 2층에 있었다고 생각할 수는 없을까?

사법주임은 넌더리가 난 듯 의자에 앉으며 후지에게 말했다.

"부인, 다시 묻겠는데 당신이 남쪽 방에서 짐 정리를 하고 있을 때 당신 남편은 당신과 같이 남쪽 방에서 그림을 그리고 있지 않았나요?"

"남편은 남쪽 방에 없었습니다. 그럴 리가 없습니다."

"그러면 복도로 이어지는 남쪽 방문은 열려 있었나요?"

"열려 있었어요."

"복도에 남편은 없었나요?"

"없었어요."

"남편 말고 다른 사람은요?"

"아무도 없었어요."

"하하."

사법주임은 비교적 침착한 아름다운 후지의 눈 주변을 응시하며 이 여자가 거짓말하고 있다면 정말 간단한 문제라고 생각했다. 그리고 결심한 듯 일어나 참고인이라는 명목으로 곤고와 후지, 두 사람을 연행해 본서로 돌아가기로 했다.

불쾌한 표정으로 일행을 따르던 곤고는 경찰서가 있는 동네까지 오자 어제 도쿄를 떠날 때 배웅해준 별장 주인 쓰다에게 아직 감사 편지를 보내지 않았다는 사실을 깨달았다. 그래서 우체국에 잠시 들러 감사 편지가 아닌 사건에 대한 긴 전보를 쳤다.

아무리 기다려도 쓰다에게 답장이 오지 않았다. 그런데 그 대신 그날 저녁이 되어 쓰다가 직접 신사 한 명을 데리고 허둥지둥 찾아왔다. 그 신사는 쓰다의 중학교 동창으로 지금은 쟁쟁한 형사 변호사가 된 오쓰키 다이지였다. 애제자가 변사했다는 이야기를 듣고 적잖게 놀란 쓰다가 바쁜 친구를 억지로 데리고 온 것이다.

곧 두 사람은 취조실에서 사법주임에게 상세한 사건의 전말을 보고받았다. 하지만 가와구치가 남긴 의문의 그림 이야기를 듣자 웬일인지 쓰다는 순식간에 안색이 바뀌더니 미간을 찌푸리고 묘하게 불쾌한 표정을 지었다.

3

　사법주임은 당연히 쓰다의 미묘한 표정 변화를 놓치지 않았다.

　사건의 상황이 급반전되어 맹렬하고 음험한 추궁이 시작됐다. 하지만 쓰다도 만만치 않은 인물이었다. 이것저것 얼버무리고 넘어가며 집요한 주임의 추궁을 피하려고 했지만 결국 힘이 빠졌는지 말하기 시작했다.

　"이 일은 죽은 사람에게도, 살아 있는 사람에게도 대단히 불명예스러운 일이니 부디 밖으로 새어 나가지 않게 해주십시오. 가와구치와 곤고는 10년 정도 전부터 제 제자였기 때문에 저와 두 사람은 서로의 가족들도 무척 친하게 지냈습니다. 이건 최근에 제 아내가 알게 된 사실인데, 가와구치의 부인인 후지 씨와 곤고는 아무래도,

음, 쉽게 말해 좋지 않은 관계인 것 같습니다. 그래서 우리도 마음을 졸였는데, 정작 당사자인 가와구치는 아시는 것처럼 일밖에 모르는 사람이라 일에만 몰두하여 전혀 눈치채지 못했습니다. 게다가 아주 신경질적이고 소심한 성격으로 섣불리 주의를 줬다가는 오히려 나쁜 결과를 초래할 것 같아서 몰래 기회를 엿보고 있었습니다. 그리고 사오 일 전에 둘이 가쿠인소를 쓰고 싶다고 부탁하길래 바로 빌려주었습니다. 그런데 어제 도쿄를 출발할 때 우리 부부가 배웅했는데, 분명 두 사람뿐인 줄 알았는데 가와구치의 부인도 동행한다고 따라왔기에 정말 놀랐습니다. 역시 아무것도 모르는 가와구치는 당분간 그곳에서 머문다고 아주 천진난만하게 신이 나서 떠들어댔고 우리는 몹시 걱정했습니다. 이곳으로 와서 세 사람의 생활이 어떻게 될지 생각하니 너무 괴로워서 출발 직전에 잠깐 틈을 봐서 저도 모르게 가와구치에게 그쪽에 도착하면 후지 씨를 잘 살피라고 말해버렸습니다. 나중에 후회했습니다만, 역시 그것이 잘못된 것 같습니다."

"무슨 뜻이죠?"

사법주임의 목소리가 긴장한 것 같았다.

"그러니까……, 내가……."

쓰다는 잠시 망설였다.

사법주임은 기회를 놓치지 않고 즉각 달려들었다.

"아니, 알아냈어요. 그러니까 후지산은 후지 씨, 로 통하는…… 그런 거군요."

"아니요, 그런 건 아니고……."

"아아, 네, 잘 알겠습니다. 덕분에 완전히 다시 생각하게 되었습니다."

이렇게 말하고 사법주임은 의자 위로 몸을 젖혔다.

"덕분에 전부 알게 되었습니다. 의문의 중심에 있던 기묘한 유화도 알고 보니 정말 앞뒤가 딱 맞네요. 아, 맞다. 그러고 보면 그 후지산 그림도 역시 남쪽 방이 아니라 처음 발견된 대로 동쪽 방에서 피해자가 죽기 전에 그린 거군요. 그 방바닥 위에 기름이 쏟아진 것도, 피해자가 미끄러진 자국도, 정말 가짜치고는 너무 잘 꾸며냈다고 생각했습니다. 시신은 남쪽 방에서 옮겨진 것이 아니라 처음부터 동쪽 방에 있었던 거예요. 그러니까 지금 당신이 말한 것처럼 곤고 씨와 불륜 관계였던 피해자의 아내가 남쪽 방에서 짐을 정리하면서 한순간의 틈을 노려 동쪽 방으로 들어가 이제 그림을 그리기 시작하는 피해자를 뒤에서 내리친 다음 다시 남쪽 방으로 돌아와 모른 척한 것이죠. 죽어가는 피해자는 쓰러지면서 자신에게 위해를 가한 아내를 보고 공포에 몸을 떨면서도 필사적으로 눈앞의 캔버스에 마침 가지고 있던 붓을 움직여 가해자의 이름을 그린다! 아니, 이건 정말 훌륭한데…… . 후지는 후지로 통하는…… . 완전히 걸작인데!"

사법주임은 상대를 신경 쓰지 않고 혼자 만족했다. 이렇게 쓰다의 뜻밖의 진술은 갑자기 후지를 캄캄한 구덩이 속으로 몰아넣고 말았다. 시체 운반설이 기묘한 유언설로 바뀌면서 경찰들은 갑자기 활기를 띠기 시작했다.

한편 쓰다는 자신의 증언이 뜻밖의 파문을 일으키자 크게 당황하여 사태 수습을 오쓰키 변호사에게 전부 맡겨버렸다.

그래서 오쓰키는 여러 가지 작전을 짠 다음 용의자 검거에 아무런 물적증거가 없는 것을 주된 이유로 내세워 이번에는 직접 경찰서장을 상대로 맹렬하게 움직이기 시작했다.

이 절충 과정은 다음 날 정오까지 계속됐다. 그리고 그 결과, 오쓰키의 명성이 크게 영향을 끼쳤다는 사실은 부인할 수 없지만, 일단 용의자 검거는 연기되었고 바로 일행은 가쿠인소로 돌아왔다.

그리고 그다음 날, 쓰다와 후지는 부검 때문에 도쿄로 보내지는 가와구치의 시신과 함께 장례식과 기타 준비를 위해 사복경찰과 함께 상경했다. 오쓰키는 가쿠인소에 머물며 표면적으로는 곤고를 조수로 삼고 속으로는 '이놈도 한패가 아닌지' 은밀히 감시하면서 사건 해석과 증거 수집에 집중하기 시작했다.

오쓰키는 가와구치가 남긴 기묘한 유화를 처음 본 순간부터 사법주임의 유언설에 깊은 의문을 품었다.

가와구치가 죽음을 눈앞에 두고 자신을 죽인 사람이 아내 후지라는 사실을 제삼자에게 알리기 위해 그런 후지산 그림을 그렸다고 하기에는 그림에 나머지 요소가 지나치게 많았다.

예를 들면 나무숲이라든가 하늘이라든가……. 만약 가와구치가 아내의 이름을 표현하기 위해 그린 그림이었다면 후지산 하나로 충분하다. 그렇게 필요 이상으로 많은 요소를, 그것도 그렇게 순수한 그림의 형식으로 완성할 만한 정신력이 이미 임종이 다가온 가와구치에게 있었다면 더 확실하게 글로 '후지가 죽였다'라든가 '범인은 후지다'라고 얼마든지 표현할 수 있었을 것이다. 아니, 다른 것보다도 창가로 뛰쳐나가 절규할 수 있었을 것이다. 문제는 조금 다른 곳에 있는 게 틀림없다.

오쓰키는 2층 동쪽 방과 남쪽 방 사이를 왔다 갔다 하며 하루 종일 생각했다. 하지만 전혀 실마리가 보이지 않았다.

이튿날은 산장지기 노부부를 다시 은밀히 살펴봤다. 하지만 이것도 아무런 소득 없이 끝났다.

오쓰키에게 교묘하게 속박당하며 쇠창살 없는 감옥에 사는 죄수처럼 가쿠인소에 머물던 곤고는 비교적 태연하게 지내며 때로 근처 숲속으로 나가서 이런저런 것들을 그리곤 했다. 그런데 그 그림을 보면 이 지방이 지형상 유난히 흐린 날이 많은 탓인지 대부분은 곤고의 화풍 때문이겠지만 이상하리만큼 음침하고 묘하게 침울한 감정이 담겨 있었다. 오쓰키는 그럴 때마다 화가라는 사람의 정신 상태에 의문을 가지게 되었다.

다음 날 오후, 때마침 마주친 경찰로부터 도쿄에서 이루어진 가와구치의 부검 결과를 들었다. 하지만 이미 알고 있던 후두부 타박에 의한 뇌진탕이 사인이라는 것 이외에 새로운 소식은 들을 수 없었다. 그러다 오쓰키는 문득 범인이 가와구치를 내리친 둔기를 찾아야겠다고 생각하고 2층으로 올라갔다.

하지만 이것도 좀처럼 쉽지 않았다. 가와구치의 뒤통수에서 흉기에 확실히 묻을 만큼 피가 흐른 것도 아니고, 또 흉기가 무엇인지 알 수 있을 만한 골절도 없었다. 이 경우는 지팡이, 곤봉, 꽃병, 나무상자 같은 것이 전부 흉기가 될 수 있다. 오쓰키는 해가 질 때까지 2층을 뚜벅뚜벅 걸어 다녔다.

그런데 어찌 된 일인지 갑자기 계단을 내려오더니 산장지기 도다를 큰 소리로 불렀다. 그리고 자꾸만 고개를 갸웃거리며 "묘하다, 묘해." 하고 혼자 중얼거렸다.

그리고 곧 도다가 다가오자 살짝 떨리는 목소리로 말했다.

"저기, 조금 이상한 질문일 수도 있는데……. 2층 동쪽 방 창문에서 50미터 정도 떨어진 곳에 나무숲이 보이죠?"

"네."

도다가 조심스럽게 대답했다.

"그 나무숲은 오늘, 다른 곳의 나무를 옮겨 심은 건가요?"

"그, 그런 말도 안 되는 일이 있을 리 없습니다. 일단……."

도다는 눈을 크게 뜨고 말했다.

"저만큼 많은 나무를 옮겨 심는 건 하루 이틀에 할 수 있는 게 아닙니다."

"음……. 묘한데 말이야."

"무, 무슨 일이 있나요? 나무라도 없어졌나요?"

"아닙니다. 아니, 확실히 이상한데. 그런데 곤고 씨는 어디 있나요?"

"지금 목욕 중입니다."

"그렇군요."

오쓰키는 그대로 2층으로 올라갔다.

4

그다음 날은 드물게 날씨가 아주 좋았다.

사법주임을 선두로 경찰 여러 명이 흉기 수색을 위해 찾아왔다. 이제 몇 번째인지도 모르겠다.

오쓰키에게까지 도움을 청한 그들은 2층 옷장부터 1층 부엌 싱크대 밑까지 이른바 경찰식 수사법으로 집 안을 이 잡듯 샅샅이 뒤지기 시작했다.

그런데 오늘은 거의 하루가 걸려 오후 4시쯤에 사법주임이 마침내 환호성을 질렀다. 사법주임이 발견한 것은 지금까지 벌써 몇 번이나 손에 쥐고 본, 사건 당시 가와구치의 시신 옆에서 나뒹굴던 길쭉한 물감상자였다.

혜안을 가진 사법주임이 마침내 이 단단한 나무상자의 모서리에 붙은 금속에서 어쩌다가 바늘로 찌른 듯한 핏자국을 발견한 것이다.

사법주임은 가쿠인소를 떠나며 의기양양하게 오쓰키에게 말했다.

"아마 이것으로 물적증거도 다 모인 것 같군요."

오쓰키는 가볍게 웃어넘겼다.

하지만 곧 경찰이 철수하자 무슨 생각인지 오쓰키는 얼른 2층으로 올라갔다. 그리고 동쪽 방 창문을 열고 난간에 걸터앉아 바깥 경치를 멍하게 바라보았다.

맑은 날의 울창한 나무숲 풍경은 언제 봐도 아름답다. 자잘하고 부드러운 무수한 기복이 끝없이 넓게 펼쳐지고 멀리서는 하코네산이 오늘도 안개에 푹 싸여 깊이 잠들어 있었다.

뒷마당에서 장작을 패는 도다의 도끼 소리가 평소처럼 맑게 울려 퍼지기 시작하더니 곧 고요한 땅거미가 주변 나무 그늘로 물결처럼 밀려들었다. 욕실 굴뚝에서는 하얀 연기가 피어오르고 장작을 패며 욕조에 몸을 담근 곤고와 이야기를 주고받는 듯한 도다의 목소리가 나직하게 이어졌다. 도미는 저녁 준비로 바빴다.

곧 가쿠인소에서 조촐한 식사가 시작됐다. 그런데 오쓰키는 아직 2층에서 내려오지 않았다. 걱정이 된 도미가 계단을 올라가려고 하자 무거운 발소리를 내며 오쓰키가 내려왔다.

하지만 식탁에 앉은 그의 안색을 보고 도미는 다시 걱정되기 시작했다.

불과 1시간 정도 사이에 2층에서 내려온 오쓰키는 마치 다른 사람이 된 것처럼 변해 있었다. 혈색도 좋지 않고, 절대 있어서는 안 될 것이라도 본 것처럼 얼이 빠지고 눈이 풀려 있었다. 그릇을 든 손은 마음속 흥분을 감추지 못한 채 계속 미세하게 떨렸다.

오쓰키는 아무 말도 하지 않고 정신없이 식사를 이어 갔다.

식사가 끝나자 무슨 생각인지 막대기를 들고 어두운 집 밖으로 나갔다. 그리고 동쪽 숲 쪽으로 묘한 산책을 시작했다. 하지만 곧 다시 돌아와 사람들을 상대하지 않고 아무 말 없이 2층에 틀어박혀 버렸다. 모두 아무 말 없이 서로 얼굴을 마주 봤다.

다음 날 아침이 되었다.

사법주임이 밝은 얼굴로 찾아왔다.

어제 가택수사에서 멋지게 물적증거를 찾아낸 그는 도쿄에서 가와구치의 장례식이 끝나는 대로 후지를 검거하겠다고 만족스러운 듯 말했다. 하지만 오쓰키는 아주 심각한 얼굴로 건성으로 듣고 있다가 주임의 이야기가 끝나자마자 갑자기 뜻밖의 말을 꺼냈다.

"당신은 아직도 가와구치가 맞아서 죽었다고 생각하고 있군요."

"뭐, 뭐라고요? 이렇게 훌륭한 증거가……."

"물론 그 증거가 틀리지는 않았겠죠. 가와구치의 치명상은 분명 그 나무상자 모서리에 붙어 있던 것에 찍힌 것이 틀림없을 겁니다. 그런데 가와구치는 그 나무상자에 맞아 죽은 것이 아닙니다."

"그 말은?"

"혼자 넘어져서 나무상자 모서리에 부딪힌 겁니다."

"말도 안 돼요. 가와구치는 확실히 유언을 남기고……."

"그건, 그런 유언이 아닙니다. 다른 의미가 있습니다."

"그렇다면?"

"그게 아주 묘한 일인데, 어쨌든 그 사건이 일어난 날 해가 질 때, 이 동쪽 방 창문에 정말 의외의 놈이 나타났어요. 그놈은 우리에게도 분명 놀랄 만한 녀석이지만, 특히 가와구치에게는 더 그랬습니다. 그래서 깜짝 놀란 가와구치가 엉겁결에 비틀거리며 일어선 순간 왼손에 들고 있던 팔레트의 기름통에서 흘러내린 기름을 자신도 모르게 밟고 미끄러져 뒤에 있던 나무상자에 후두부를 굉장히 세게 부딪쳤습니다. 이것이 의심할 여지 없는 가와구치 아타로의 직접적인 사인입니다."

"잠깐만 기다려주세요. 당신은 아까부터 열심히 뭔가를 이야기하고 있는데, 전 무슨 말인지 전혀 모르겠어요. 며칠 전에 내가 가와구치 후지를 용의자로 연행했을 때, 당신은 내가 물적증거를 잡지 못했다고 뭐라고 했죠. 지금이 그때와 똑같은 상황이니, 지금 당신이 한 이야기에 대해서 정확한 증거를 보여주세요."

"알겠습니다." 오쓰키도 약간 정색했다. "반드시 보여드리죠. 그런데 지금 당장은 아닙니다. 제가 연락을 드릴 때까지 기다려주세요. 꼭 보여드리겠습니다."

"……."

사법주임은 휙 뒤로 돌아 거친 발소리를 내며 재빨리 돌아가 버렸다.

5

오쓰키가 사법주임과의 약속을 지킨 것은 그로부터 이틀 후 날씨가 맑게 갠 날의 해 질 무렵이었다.

오쓰키와 사법주임은 동쪽 방의 긴 소파에 앉아 창문을 바라보며 차를 마시고 있었다.

사법주임은 여전히 기분이 언짢았다. 초조한 듯 혀를 차다가 결국 오쓰키에게 말을 걸었다.

"아직인가요?"

"네."

"아직 안 나오나요?"

"네, 조금만 더 기다려주세요."

사법주임은 다시 차를 마시기 시작했다. 하지만 잠시 후 한층 더 초조한 기색을 보이며 말했다.

"그 수상한 놈이라는 게 확실히 나오긴 하는 건가요?"

"네. 확실히 나오고말고요."

"도대체 그놈이 누군데요?"

"아니, 곧 나올 겁니다. 조금만 더 기다려주세요."

"……."

사법주임은 불쾌해하며 밖을 쳐다봤다.

하늘에는 아름다운 석양이 빛나고 하코네산은 오늘도 엷은 안개 장막 속에 숨어 있다.

뒷마당에서는 도다가 장작을 패기 시작한 듯했다. 아마 욕실 굴뚝에서는 하얀 연기가 피어오르고 있을 것이다.

그때 갑자기 사법주임이 자리에서 일어났다. 그리고 오른손에 찻잔을 든 채 신음하듯 말했다.

"아, 아니, 이게 어떻게 된 거야!"

"……."

"저런 곳에……." 사법주임의 목소리가 떨리고 있었다. "저런 곳에……. 후, 후지산이 나왔다! 이거, 이상한데?"

어느새 하코네산을 감싼 엷은 안개 장막 위로 이 방향에서는 절대 볼 수 없는 연보랏빛 후지산이 산기슭 언저리를 희미한 어둠으로 물들인 채 저녁 하늘 높이 선명하게 우뚝 솟아 있었다.

"이런 그림자 현상을 지금까지 모르고 있었습니까?"

오쓰키가 웃으며 말했다.

"아니, 저는 이곳으로 전근 온 지 얼마 안 됐어요. 음, 그렇군. 그러니까 이건 석양을 받아 안개 위로 비친 후지산의 그림자로군요."

"그럼, 내친김에." 오쓰키는 앞쪽을 손가락으로 가리키며 말했다. "어때요, 그러면 저기 앞의 나무숲을 봐주시겠습니까?"

사법주임은 잠자코 그쪽을 바라봤다.

"저건 꽤 멋진 나무숲인데……."

"아아아!" 하고 사법주임은 괴성을 질렀다. "흠, 색이 바뀌었어."

어스름 속에서 더 어두워야 할 암녹색 나무들이 어떻게 된 일인지 의심할 여지 없이 남쪽 방에서 보이는 나무들처럼 백록색을 띠고 있었다.

"지난밤에 조사를 좀 했습니다." 오쓰키가 말했다. "저건 자귀나무였습니다. 낮에는 암녹색 작은 잎을 펴고, 저녁이 되면 잠자듯 잎 표면을 다 닫아버려서 하얀 뒷면이 보였던 것입니다."

"그렇군요. 알겠습니다. 아니, 잘 알겠습니다. 그러니까 가와구치는 그때 이 경치를 그리고 있었군요."

"그렇습니다."

"그러면 그 후에는 어떻게 된 거죠?"

"저기, 사법주임님." 오쓰키가 진지하게 말했다. "처음 가는 곳에서는 자주 방향을 착각해서 어느 쪽이 동쪽인지 남쪽인지 알 수 없을 때가 있지요. 당시의 가와구치도 분명 그랬을 것입니다. 도쿄를 떠날 때 배웅하러 온 쓰다 씨로부터 이상한 말을 듣고 아무것도 모르는 가와구치는 무슨 일이 일어나는지 전혀 모른 채 타고나길 소심하여 여러모로 걱정을 하다가 곤고 씨 등이 말한 것처럼 완전히 울적해진 것 같습니다. 하지만 목적지에 도착해서 이 지방의 아름다운 저녁 풍광을 접하자 화가다운 열정이 샘솟아 마음속의 의문도 잠시 잊고 곧바로 동쪽 방으로 갔겠죠. 그리고 이 창문으로 꼭 이렇게 보이는 그림자 후지산을 보고 방향을 착각하여 감흥을 느끼는 대로 진짜 후지산이라는 생각으로 이 연보랏빛 신비스러운 그림자 후지산을 재빨리 그리기 시작했습니다."

"그렇군요."

"그런데 이것은 석양 때문에 하코네 지방의 안개에 비친 그림자 후지산이기 때문에 당연히 곧 사라집니다. 그래서 잠시 캔버스에서 시선을 뗀 가와구치는 아주 잠깐 사이에 후지산이 사라져버렸다는 사실을 깨닫고 이 기적 같은 현상에 굉장히 놀랐을 것입니다. 처음부터 진짜라고 생각했기 때문이죠. 그 순간 가와구치의 머릿속에 그날 아침 도쿄를 떠날 때 쓰다 씨가 말한 기묘한 말이 문득 떠오릅니다. 그곳에 가면 후지를 잘 살피라는 말이 었죠?"

"음, 정말 대단해. 그러니까 역시 내가 처음부터 의심한 것처럼 후지는 후지로 통한다는 그런, 그, 확실히 대단해. 정말 완벽하단 말이야."

사법주임은 크게 만족하며 몸을 뒤로 활짝 젖히고 콧방울을 벌름거리며 천천히 창밖을 바라봤다.

그곳에는 저녁 바람에 뚫린 안개 사이로 마치 사법주임의 콧방울 같은 하코네산만 어스름 속에서 조용히 잠들어 있었다. 이제 후지산은 사라졌는지 그림자도 형상도 보이지 않았다.

(1936년)

백요

白妖

1

어느 무더운 밤이었다.

컨버터블 한 대가 아타미에서 산을 타고 하코네를 향해 줏코쿠 고개로 오르는 복잡한 등산로를 달리고 있었다. S자 모양의 지그재그 도로에서 톱니처럼 맹렬한 스위치백 구간을 주름처럼 뻗어 나가는 시커먼 산의 지맥을 따라 오른쪽으로 왼쪽으로 계곡을 건너 산을 헤치며 분주하게 달렸다. 정말이지 정신이 없었다. 결코 빠른 속도는 아니지만, 워낙 대장 해부도 같은 산길이었다. 저쪽에서 전조등이 반짝하더니 이쪽 나무 그늘에서 경적이 울렸고 무거운 엔진 소리를 남기고 다시 빛의 꼬리가 산등성이 너머로 달아나 버렸다. 같은 곳을 빙글빙글 돌고 있는 것 같지만, 그래도 조금씩 고도가 높아졌다.

택시 같아 보였지만 최신형 페이톤이었다. 햇빛 가리 개를 제거한 뒷좌석에는 한 중년 신사가 검은 가죽 가방 을 무릎 위에 올려놓고 심하게 흔들리면서 꾸벅꾸벅 졸 고 있었다. 러시아 모자를 쓴 운전사는 백미러로 가끔 그 모습을 훔쳐보면서 지루하다는 얼굴로 핸들을 꺾었다.

이 길로 계속 가면 가쿠난철도주식회사가 운영하는 줏코쿠 고개~하코네 고개 간 자동차 전용 유료도로로 이어진다. 대표적인 관광도로로 흰 바탕에 검은 선으로 된 마크가 그려진 스마트한 도로표지판이 밤눈에도 선 명하게 차창을 스쳐 지나간다.

머지않아 자동차는 한층 더 날카로운 머리핀처럼 생 긴 산비탈 커브 길로 접어들었다. 운전사는 몸을 앞으로 내밀며 급격하게 핸들을 오른쪽으로 계속 돌렸다. 끼이 익, 지금까지 공간을 어루만지던 전조등 불빛이 골짜기 의 어둠을 넘어 건너편 산등성이로 흐릿한 스포트라이 트 두 개를 겹치며 비쳤고 빛은 질이 나쁜 환등처럼 어 지럽게 흔들렸다. 그때 그 산등성이가 중턱까지 이 도로가 이어지는 건지 화려한 크림색 2인용 쿠페 자동차가 앞으 로 화살처럼 달려가더니 순식간에 어둠 속으로 엄청나 게 각도를 꺾었다.

"쳇!" 운전사가 혀를 찼다.

지루함이 자동차 밖으로 날아갔다. 속도계는 최고 숫자를 가리켰고 라디에이터에서는 작은 구름 같은 김이 새어 나와 갈기갈기 찢어지며 날아갔다. 차 전체가 윙 소리를 내며 팽팽해지고 격렬한 진동 속에서 뒷좌석의 신사가 눈을 떴다.

"유료도로는 아직인가?"

"거의 다 왔어요."

운전사는 고개도 돌리지 않고 대답했다. 그 순간 다시 멀리 산등성이로 질주하는 쿠페의 모습이 살짝 보였다.

"아니!" 신사가 상체를 앞으로 내밀었다. "저런 데 차가 다 있네. 완전 멋쟁이 같은데, 대체 뭐 하는 사람이지?"

"하코네 별장에서 아타미로 원정을 나갔던 만취한 신사겠죠, 뭐."

운전사가 아무렇게나 대답했다.

"좀 따라가 볼까?"

"안 돼요. 아까부터 따라가고 있는데……. 자동차 자체가 달라요."

신사는 고개를 숙여 밖의 어둠을 내다봤다. 급격히 낮

아진 눈앞의 검은 산 그림자 사이로 갑자기 강렬한 흰색 빛이 번쩍거리더니 이내 사라졌다. 신사는 무엇인가 비장하고 존귀한 힘을 느끼고 자세를 고쳐 앉았다.

그 순간이었다. 갑자기 자동차가 속도를 줄이자 우두커니 쳐다보는 사이에 신사는 앞으로 고꾸라져 엉겁결에 운전사의 어깨에 손을 짚었다. 급정거였다.

2

전조등 불빛 속에서 앞쪽 길 위에 사람이 쓰러져 있는 것이 보였다. 그 사람이 얼굴을 들고 이쪽을 바라보며 한 손을 세게 흔들었다.

운전사는 이미 차에서 내려 달려가고 없었다. 신사도 급히 그 뒤를 따라갔다. 쓰러져 있던 남자는 꽤 나이가 든 부랑자 같았다. 상처가 심해 보였다.

"지금 가버렸어……. 미친 자동차예요……."

부상자가 숨을 헐떡이며 말했다. 신사는 즉시 운전사와 같이 부상자를 들어 자동차 안으로 옮겼다.

"죄송합니다……." 부상자가 괴로운 듯 숨을 쉬며 말했다. "저는 보시는 바와 같이 그냥 이렇게 밤을 여행하는 사람입니다……. 그 녀석, 갑자기 뒤에서 오더니 제가 도망가려는 쪽으로……. 저기, 아무쪼록 부탁드립니다……."

부상자는 그렇게 말하고 더 이상 말을 할 수 없다는 듯 쿠션 위에 축 늘어져 입을 벌리고 눈을 가늘게 떴다.

신사는 크게 고개를 끄덕이더니 가방을 챙겨 운전사 옆 조수석으로 자리를 옮겼다.

"자, 빨리 가자. 위급한 상황이야. 하코네에 도착하기 전까지는 의사를 못 만나겠지?"

"그렇죠."

자동차는 다시 전속력으로 달리기 시작했다.

마침내 고갯마루에 다다랐다.

길이 갑자기 평탄해지면서 선회하는 항공등대의 섬광이 이따금 주위를 낮처럼 밝혔다. 이 정도까지 오면 일대 나무를 다 베어버려 나무가 보이지 않는다.

맞은편에서 자동차 한 대가 다가왔다. 전조등의 눈부신 빛이 강렬하게 비쳤다. 아까 그 쿠페인가?

하지만 그 자동차는 쿠페와 전혀 다른 세단이었다. 뒷좌석에는 신혼부부인 듯한 젊은 남녀가 잠에서 덜 깬 얼굴로 앉아 있었다.

"지금 쿠페랑 마주쳤지?"

서행하며 운전사가 건너편 동업자에게 말을 걸었다.

"만났어. 유료도로 입구에서!"

그렇게 외치고 미소를 지으며 신혼부부를 태운 차는 휙 지나갔다.

얼마 지나지 않아 유료도로인 줏코쿠 고개 입구가 보였다.

전등이 환하게 켜진 현대적인 하얀색 작은 정거장 앞에는 철도 건널목에 있는 것 같은 차단기가 관문처럼 도로를 가로막고 있었다.

길 한복판에서 두 남자가 차단기 앞에서 뭔가를 하다가 자동차가 앞에서 멈추자 그중 한 명이 사무소 겸 매표창구로 들어갔다.

신사는 바로 뛰어내려 매표창구로 달려갔다. 지갑에서 요금을 꺼내고 표와는 상관없는 이야기를 꺼냈다.

"우리가 오기 바로 전에 크림색 화려한 쿠페가 지나갔죠?"

"지나갔습니다." 사무원이 사무적으로 대답했다.

"어떤 남자였어요? 타고 있던 사람은……."

"안 보였어요."

"안 보였다고요? 아니, 표를 사러 왔을 거 아니에요."

"아니요, 오지 않았어요. 그건 우리 임원의 자동차입니다."

"뭐, 임원?" 신사가 다그쳤다.

"네." 사무원은 표에 구멍을 뚫으며 말했다. "이 회사의 임원이신 호리미 님의 자동차여서 표 같은 건 필요 없습니다."

"뭐, 호리미? 아, 그 가쿠난철도의 젊은 중역이로군. 그러면 쿠페의 운전자는 호리미 씨네요?"

"글쎄, 그게……."

"둘이 타고 있었죠?"

"아니요. 혼자였어요. 그건 틀림없어요."

신사의 태도를 보고 경찰관이라고 착각했는지 사무원은 비교적 공손하게 대답했다.

"어느 쪽이든." 신사가 사무원에게 말했다. "지금 큰일 났어요. 그 쿠페가 보행자를 치고 뺑소니를 쳤어요."

"뺑소니?" 사무원이 소리쳤다. "그래서 다친 사람은요?"

"내 차로 데리고 왔습니다."

"괜찮나요?"

"그게, 너무 심각한 상황이라 아마도 하코네까지 못 갈 거 같아요."

이렇게 말하는 동안에도 사무원은 확실히 놀란 듯 순식간에 안색이 창백해졌다.

"그렇습니까……. 역시 이상하다고 생각했습니다. 아니, 그게 말씀을 드리자면 실은 여기서도 이상한 일이 있었습니다."

"그 이상한 일이 뭐죠?" 신사가 말했다.

"네, 그게 뭐 어쨌든 중역의 차니까 저기서 멈췄다고 생각해서 곧장 뛰어나와 차단기를 들어 올렸습니다. 꽤 서두르는 것처럼 보였는데, 제가 차단기를 미처 다 올리기도 전에 차가 출발해서 눈 깜짝할 사이에 앞쪽 지붕으로 이 차단기를 쳐버리고 미친 듯이 달려가 버렸습니다." 그는 앞쪽 도로를 턱으로 가리키며 말했다. "지금까지 둘이서 급하게 수리하고 있었습니다."

이번에는 신사가 놀란 모양이었다.

"음, 어쨌든 나는 지금 바로 하코네로 가는데, 아 여기 전화 있죠?"

"있어요."

"잘됐다. 하코네 경찰에 전화를 걸어주세요. 그 쿠페를 당장 잡으라고요. 알겠죠? 중역이든 사장이든 뭐든 상관없어요."

"그런 거면 아주 좋은 방법이 있어요. 하코네 고개 입구에 있는 유료도로 정거장에 전화해서 차단기를 절대 올리지 말라고 하는 거예요."

"그거 좋은 방법이네요. 그런데 지금처럼 차단기를 밀고 가버리지 않을까요?"

"괜찮아요. 차단기 안에 철심이 들어 있어서 저처럼 올리지만 않으면 절대 통과할 수 없어요."

"그렇군. 아니, 그건 참 재밌네. 그러니까 '관문을 닫는' 작전이네요. 쿠페는 아직 그곳에 도착하지 않았겠죠?"

"반도 안 갔을 겁니다."

"좋았어. 그러면 바로 전화해주세요. 차단기를 절대 올리지 않도록."

사무원은 정거장 안으로 뛰어 들어갔다.

곧 높고 날카로운 전화벨 소리가 나면서 고장 날 뻔한 차단기가 올라가고 빈사 상태의 부상자를 태운 신사의 차는 하코네 고개를 향해 심야 유료도로를 곧장 질주했다.

3

대부분의 독자 여러분은 하코네와 줏코쿠 간 자동차 전용 유료도로라는 것이 어떠한 것인지 이미 알고 계시리라 생각하지만, 지금부터 몇 분 후에 일어날 이상한 사건을 정확하게 이해하기 위해서는 두세 가지 간단한 설명을 덧붙이지 않으면 안 된다.

이 유료도로가 설치되어 있는 줏코쿠 고개와 하코네 고개 사이를 잇는 산맥선은 이즈반도 위쪽을 중심으로 남북으로 종주하는 후지 화산맥의 주류이며, 동쪽으로는 사가미만, 서쪽으로는 스루가만이 내려다보이고 일대의 잔디산 양쪽이 가파른 능선처럼 눈에 띄는 분수령을 이루고 있다. 가쿠난철도주식회사는 이 평균 해발 760미터의 능선을 따라 산지를 사들여 근대적이고 밝은 자동차 전용도로를 만들고 옛날 식으로 말하면 관문 통행세를 거둬 자동차 여행객에게 경쾌하고 장대한 풍경을 제공한다. 남북으로 약 10킬로미터 정도 되는 유료도로는 독립된 하나의 사설 도로로 줏코쿠 고개 입구와 하코네 고개 입구 쪽에 두 개의 정거장이 있을 뿐 샛길도 하나 없다. 더구나 그 정거장에는 앞서 말한 것처럼 도로 위에 차단기가 내려져 있어 관리인의 엄중한 감시 아래 표 없이는 통행이 허용되지 않는다. 그러니까 중간에 이 유료도로로 들어와 달릴 수도 없고, 또 중간에 유료도로를 빠져나가 도망칠 수도 없다.

능선을 따라 나 있는 외길이라고는 하지만 수 킬로가 쭉 이어지는 직선도로는 아니다. 주로 오락 위주의 관광 도로이기 때문에 직선 자체의 아름다움도 여행자가 권태를 느끼지 않을 정도다. 도처에 기분 좋은 부드러운 커브 길이 있고, 지그재그, S자형, C자형, U자형 등등 다양한 곡선이 무한한 변화를 보여주며 산골짜기를 따라 구불구불 이어져 있다.

하지만 이 유쾌한 유료도로도 밤이 되면 거의 전망이 보이지 않는다. 특히 오늘처럼 구름이 낮게 깔린 무더운 밤이면 멀리 수평선 언저리에서 조금씩 올라오는 희미한 불빛을 등지고 심한 민둥산의 기복이 시꺼멓게 끝없이 이어져 어딘가 이 세상이 아닌 지옥산의 모습을 보는 것 같다. 그 그림자 같은 산꼭대기를 누비며 신사와 부상자를 태운 자동차는 지금 유료도로의 한가운데를 무언가에 쫓기듯이 계속 달리고 있었다.

"그러고 보니 왠지 본 적이 있는 자동차 같아요."

핸들을 꺾으며 운전사가 말했다.

"호리미 씨를 알고 있나?" 옆자리에 앉은 신사가 물었다.

"아니요. 신문에서 사진을 본 것뿐이에요. 그런데 그 사람의 아타미 별장은 알고 있습니다. 고지대에 있어요."

"지금 아타미에 있는 건가? 호리미 씨가?"

"글쎄요, 그건 모르겠지만, 어쨌든 차고가 있는 별장이에요."

신사는 담배에 불을 붙이고 만족스러운 미소를 지으며 말했다.

"차는 한 대도 보지 못했어. 벌써 그 쿠페, 지금쯤이면 관문이 막혀 하코네 입구에서 당황하고 있겠지."

멀리 왼편 아래쪽 어둠 속에서 불티같이 날리는 불이 보였다. 아마 미시마 마을일 것이다.

곧 자동차는 결승점으로 들어가는 달리기 선수처럼

모래 먼지를 일으키며 한층 더 속도를 올렸다. 직선 구간에 들어가면서 번쩍이는 하얀 정거장이 보였다.

"아니!" 신사가 소리쳤다.

"없네요!" 동시에 운전사의 목소리도 들렸다.

길 한복판에 차단기만 내려져 있을 뿐 쿠페의 모습은 어디에도 보이지 않았다. 그때 사무원인 듯한 검은 남자가 뛰어나와 두 팔을 벌리고 길을 가로막았다.

신사는 차에서 뛰어내려 문을 쾅 닫으면서 외쳤다.

"전화 왔죠?"

"왔어요."

"근데 왜 보내줬어요!"

"네?"

"왜 자동차를 보내줬냐고요!"

"……?"

사무원은 혼비백산한 모습이다. 쿵쿵 소리가 나면서 사무소 쪽에서 또 다른 남자가 나왔다. 신사는 두 사람을 번갈아 바라보며 무거운 어조로 말했다.

"저는 형사 변호사 오쓰키라고 합니다. 설령 그 쿠페가 유명한 사업가의 자동차라고 해도 만일 사람을 치고 뺑소니를 쳤다면 결코 묵인하지 않을 겁니다. 당신들은 양심에 가책을 느껴야 할 겁니다."

"자, 잠깐만요."

뒤따라 나온 사무원이 말했다. 이마가 넓고 착실해 보이는 청년이었다.

"저, 그런데 제가 확실히 말씀드릴 수 있어요. 이 하코네 입구 정거장에는 당신들 자동차 외에 쿠페는 고사하고 고양이 한 마리도 오지 않았습니다."

4

그로부터 몇 분 후에 전화를 거는 오쓰키의 흥분한 목소리가 벨 소리의 여운을 덮어버리며 정거장 안에서 들려왔다.

여보세요? 줏코쿠 고개 정거장인가요? 하코네 입구입니다. 아까 부상자를 실은 차에 탄 사람인데, 혹시 그쪽으로 쿠페가 돌아갔나요? 네? 아, 안 갔다고요. 역시, 그랬군요. 아니요, 이쪽에도 없어요. 정말 없어요. 안 왔어요. 도중에요? 당연히 못 만났습니다. 정말 큰일이네, 네, 그래, 그래요. 고마워요.

여보세요? 아타미 경찰서입니까? 당직이신가요? 저

는 오쓰키 변호사입니다만, 누구 없습니까? 나쓰야마 씨? 좋습니다, 바꿔주세요.

나쓰야마 경위인가요? 오쓰키입니다. 아니, 오히려 제가 죄송하죠. 그런데 갑작스럽지만 조금 묘한 사건이 일어나서요. 실은 하코네 입구의 유료도로 정거장에 있습니다. 네, 자동차 뺑소니인데, 이게 너무 묘한 거예요, 단순한 뺑소니 사건만은 아닌 것 같습니다. 네, 맞아요. 네, 당연히 따라갔어요. 양쪽 정거장을 다 막아서 유료도로에 몰아넣었어요. 그런데 없는 거예요. 정말이에요. 네? 네, 네, 기다리겠습니다. 그러세요, 그러면 빨리 좀 와주세요. 아, 그리고 오토바이 말고 자동차로 와주세요. 네, 제가 타고 온 차는 부상자를 태우고 하코네로 갔어요. 너무 큰 부상이라서요. 그러면 이따 뵐게요.

여보세요, 여보세요? 아타미의 호리미 씨 되십니까? 아, 안녕하세요. 밤늦게 죄송합니다. 실례지만, 전화 받으시는 분은? 아, 그렇습니까, 저는 변호사인 오쓰키라고 합니다만, 조금 긴급한 용건이 생겨서, 혹시 호리미 씨는 댁에 계십니까? 네? 안 계시다고요? 도쿄의 자택에? 그러면 다른 가족은 안 계십니까? 뭐, 뭐라고요? 따님? 가마쿠라에 가셨다고요? 다른 분은 또 안 계신가요? 네? 손님이 한 분? 손님이라면 어쩔 수 없지……. 저기, 이상한 질문을 하나 하겠는데, 댁의 차고에 자동차가 있나요? 네, 있다고요? 그렇군요. 아니, 너무 이상한데……. 실은 조금 전에 하코네 근처에서 댁의 자동차를 봤어요. 누가 탔는지는 모르겠지만, 틀림없이 크림색 쿠페였습니다. 거짓말이라고 생각하시면 차고를 한번 봐주세요. 네? 그렇군요, 주무실 시간에 죄송합니다. 그러면 기다릴 테니 확인 부탁드립니다.

아, 정말 죄송합니다. 차고 쪽은 어땠나요? 역시 차고는 텅 빈, 그래서……. 뭐, 뭐라고요? 손님이 살해당했다고요?

딸깍하고 오쓰키는 수화기를 내려놓았다. 그리고 뭔가 비장한 표정으로 말없이 뒤에서 달려온 사무원들을 새하얗게 질린 얼굴로 쳐다봤다. 얼음장 같은 침묵이 흘렀지만 이내 오쓰키는 정신을 차리고 다시 황급히 수화기를 집어 들고 전화를 걸었다.

아, 여보세요, 아타미 경찰서입니까? 나쓰야마 씨는

벌써 나가셨나요? 뭐, 지금 나가려고 한다고요? 아, 지금 좀 바꿔줘요.

　나쓰야마 씨 아니, 정말 큰일 났어요. 네, 아까 그 자동차 말인데요, 그런데 말이죠, 그 자동차는 그, 가쿠난 철도의 호리미 씨 거예요. 그래서 당장 그쪽 별장으로 전화를 했어요. 그랬더니, 별장에서 사람이 살해당했다고, 네, 네, 죽인 놈이 차를 타고 도망간 거예요. 글쎄요, 그 차를 탄 범인이 누군지는 모르겠지만, 일단 저는 도망치지 못하도록 양쪽 정거장을 엄중히 감시할 테니 나쓰야마 씨는 별장에 가서 그쪽을 조사하고 바로 여기로 와주세요. 부탁 좀 드리겠습니다.

5

호리미의 별장은 아타미에서도 고지대의 조용한 주택가에 있었다. 주인인 호리미 부부는 이미 여름이 시작될 무렵부터 도쿄의 집으로 돌아가 있었다. 그 대신 외동딸인 도미코가 외국인 가정교사와 둘이서 열흘 전부터 와 있었는데, 그 두 사람도 오늘 오후에 정말 싫어하는 손님이 찾아오자 급하게 도망치듯 가마쿠라 쪽으로 가버렸다. 살해당한 것은 그 손님이었다. 오시야마 에이이치라고 하는 부유한 청년이다.

원래 호리미 료조는 가쿠난철도 이외에도 몇몇 회사의 일을 맡았던 쟁쟁한 수완가였지만, 최근 몇 년 동안 큰 타격을 입고 이러지도 저러지도 못 하다가 오시야마의 아버지에게 막대한 빚을 졌다. 그런 약점을 의식해서

인지는 몰라도 오시야마는 아직 결혼할 나이도 아닌 어린 도미코를 계속 쫓아다녔다.

물론 도미코는 오시야마를 벌레 보듯 싫어했다. 그래서 오시야마가 도착하자 가정교사인 에반스와 둘이 급하게 별장을 빠져나간 것이다. 미국에서 태어난 노부인 에반스는 도미코가 어렸을 때부터 호리미 집안과 친하게 지냈다. 도미코가 여학교에 들어갈 무렵부터 가정교사가 되어 도미코에게 영어를 가르쳤다. 에반스는 도미코를 자신의 딸처럼, 손녀처럼 사랑했다.

별장에는 집을 지키던 하녀 모녀가 있었다. 오쓰키의 급박한 전화를 받고 깊은 잠에서 깬 사람은 어머니 기요였다.

졸린 눈을 비비며 전화기를 든 기요는 상대방의 이상한 말에 놀라 얼른 문밖으로 나가봤다. 그런데 차고에 있어야 할 자동차는 없고 정문만 활짝 열려 있는 것을 발견하고 별난 손님이라고 생각하며 객실 문을 열어봤다. 그런데 침대 옆에 파자마 차림의 오시야마가 붉은빛으로 물들어 쓰러져 있는 것을 발견하고 그대로 다시 전화기 앞으로 되돌아온 것이다.

오쓰키에게 답을 하고 기요는 곧바로 경찰에 전화를

걸었다. 전화를 끊고 움직일 수가 없어 덜덜 떨면서 전화기 앞에 그대로 서 있었다.

나쓰야마 경위는 계속 걸려오는 전화에 당황하면서도 우선 몇몇 경찰을 유료도로로 보내고 자신은 부하를 데리고 호리미의 별장으로 달려왔다. 이어서 도착한 경찰의는 오시야마가 칼 같은 흉기에 심장을 두 번 정도 찔린 것이 치명상이 되어 사망한 것으로 판단했다. 두 개의 상처 중 하나는 잘못 찔렀는지 옆쪽으로 긁힌 것처럼 되어 있었다. 살해된 지 채 1시간도 지나지 않은 시신이었다.

나쓰야마 경위는 기요를 붙잡고 일단 간단한 신문을 시작했다. 흥분한 상태에서 크게 당황하면서도 기요는 사건의 경과를 있는 그대로 대답했다.

"……그렇게 돼서 어젯밤에 오시야마 님은 아주 늦게까지 외출하셨다가 술을 마시고 돌아온 것 같았는데 그 이후로 우리는 잠이 푹 들어 오쓰키 님의 전화를 받기 전까지는 아무것도 몰랐습니다."

기요의 말이 끝나자 나쓰야마 경위는 현관 밖으로 나가보았다. 경위는 손전등을 비추며 차고 쪽으로 걸어가면서 지면의 웅덩이 근처에서 차고 쪽으로 급하게 찍혀 있는 여자의 신발 자국을 두세 개 찾아냈다.

차고에는 자동차는 없고 기름 냄새만 진동했다.

나쓰야마 경위는 잠시 빈 차고를 여기저기 살펴보다가 곧 "흠" 하고 중얼거리더니 몸을 구부려 떨리는 손으로 손수건을 꺼내 바닥에서 반짝하고 빛나는 것을 감싸듯 집어 들었다.

피범벅이 된 칼이었다. 그것도 한 번도 본 적 없는 훌륭한 칼이었다. 딱 봐도 여성용으로 보이는 고상한 모양의 칼로 세련된 조각이 새겨진 상아 손잡이 구석에 깨알 같은 글씨가 새겨져 있었다. 경위는 한 손으로 불을 비추며 들여다봤다.

'17번째 생일을 축하하며. 1936. 2. 29.'

경위는 눈을 반짝이며 조용히 칼을 손수건에 싸서 주머니에 넣고 그대로 서둘러 안채로 돌아왔다. 그리고 갈팡질팡하는 기요에게 칼을 꺼내 보여줬다.

"그런데 당신은 나이가 어떻게 되시나요? 쉰은 이미 넘었죠?"

"아뇨, 지금 딱 쉰이에요."

"음, 그러면 당신 딸은요?"

"나이 말인가요? 딸은 열여덟이 되었는데……."

"그러면 에반스 씨는?"

"그분은 벌써 예순을 훌쩍 넘기셨습니다."

"도미코 씨는?"

"아가씨는 올해 열일곱입니다."

"고마워요." 나쓰야마 경위는 만족스러운 듯 히죽 웃더니 말했다. "그러면 하나 더, 다른 건 아니고 호리미 집안 사람들은 모두 이 별장의 열쇠를 가지고 있죠?"

"네."

"당연히 아가씨도?"

"아, 아마도……."

"고맙습니다." 경위는 옆에 있던 부하들을 보며 활기차게 말했다. "자, 이제 여기는 됐어. 법원 애들이 올 때까지 의사 선생에게 남아 있으라고 하고, 우리는 지금 바로 유료도로로 간다."

6

　나쓰야마 경위가 줏코쿠 고개 입구에 도착했을 때 이미 오쓰키는 먼저 온 경찰차를 타고 하코네 입구에서 되돌아와 그곳 정거장에서 일행을 기다리고 있었다.

　양쪽 정거장은 먼저 도착한 경찰들이 둘로 나뉘어 감시하고 있었다. 오쓰키는 경위를 보자마자 말했다.

　"벌써 별장 쪽은 다 끝났나요?"

　"끝나고 말고 할 것도 없어요. 어쨌든 범인이 이곳으로 도망쳤다고 하니까 부리나케 왔습니다. 그런데 대강 누군지 알 것 같아요."

　"벌써 알았다고요? 누군데요?"

　"아니, 누구라고 말하는 것보다 아직 그 문제의 자동차는 찾지 못했습니까?"

그러자 오쓰키는 초조하게 손을 흔들며 말했다.

"아니, 그게 말인데요. 아무래도 골짜기 아래로 추락했다고밖에 생각할 수가 없어요."

"저도 그렇게 생각해요. 찾아봅시다."

"아니, 그런데 찾는 게 문제예요. 저도 지금 길 한쪽만 쭉 보면서 왔는데, 이렇게 어두운 밤이고 게다가 유료도로의 길이가 10킬로 가까이 되니 그 길을 따라 쭉 이어지는 골짜기의 길이도 꽤 될 겁니다. 또 노면이 건조해 자동차 흔적이고 뭐고 없어서 추락 위치를 대강이라도 짐작하기가 어려워요."

"하지만 꾸물거리고 있을 시간이 없어요."

"맞아요. 그러면 일단 나머지 한쪽을 살펴봅시다. 그런데 도대체 범인이 누구예요?"

"범인? 호리미 씨의 딸입니다."

말을 마치고 경위는 자동차에 올라탔다. 그 뒤로 놀란 일행이 올라탔다. 자동차는 후진하더니 하코네 입구를 향해 달려갔다. 시속 16킬로의 서행이었다.

하지만 이 어려운 수사는 1킬로도 움직이기 전에 사람들을 초조함의 구렁텅이로 몰아넣었다. 골짜기를 따라 서행했기 때문에 전조등 불빛 속에서 골짜기와 인접

한 도로 쪽이 항상 보이긴 했지만, 노면이 너무 건조해 어디에서 미끄러져 떨어졌는지 흔적조차 찾을 수 없었다. 최소한 길가에 흉벽이라도 있었다면 망가진 곳을 찾아 추락 위치를 짐작할 수 있겠지만, 이 길은 사람이 다니지 않는 자동차 전용도로이기 때문에 흉벽이나 흰색으로 칠해진 추락 방지 블록도 곳곳에 장식처럼 놓여 있을 뿐이다. 전혀 도움이 되지 않았다.

무의미하고 우울한 수사가 잠시 이어지다가 곧 자동차는 흉벽도 없는 맹렬한 S자형 커브로 접어들었다. 경위는 초조한 듯 혀를 찼다. 자동차는 빙그르르 커브를 돌면서 지금까지의 진로와 역행하듯 츳코쿠 고개를 향해 달리기 시작했다.

S자 커브 아래쪽은 크고 네모난 C자 커브다. L자를 거꾸로 세운 듯한 화살표가 그려진 도로표지판을 지나 20미터 정도 달렸을 때였다. 무엇을 보았는지 오쓰키가 갑자기 움찔하더니 급하게 엉덩이를 들며 말했다.

"멈춰주세요!"

경찰은 바로 브레이크를 밟았다.

오쓰키는 문을 열고 보조발판에 올라선 채 차 안의 경찰에게 말했다.

"이 방향으로 이대로 후진해주세요. 네, 네. 조금 더,
조금 더……. 됐어요. 스톱!"

사람들은 무슨 영문인지 알 수가 없었다.

오쓰키는 조수석에 다시 앉아서 말했다. 굉장히 긴장
되고 떨리는 목소리였다.

"자, 다시, 이번에는 전진요. 아주 천천히, 부탁합니다.
이런, 문제의 쿠페는 실내등이 꺼져 있었어. 실내가 밝으
면 안 돼. 꺼주세요."

자동차는 실내등을 끄고 움직이기 시작했다.

"도대체 무슨 일이에요?"

어둠 속에서 경위가 참다못한 듯 외쳤다.

"아니, 알아냈어요. 사건의 진상을 알 것 같아요. 곧 나
와요."

"뭐가 나와요?"

"이제 곧이니까 기다려주세요."

자동차는 다시 서행하기 시작했다. C자 커브의 마지
막 모서리 직전이다. 길이 확 왼쪽으로 꺾여 있어 앞쪽
전조등 불빛 속에는 시커먼 골짜기의 조용한 공간이 있
을 뿐이었다.

앞을 보고 있던 오쓰키가 갑자기 외쳤다.

"저기, 나왔다. 멈춰요!"

"뭐가 나왔어요?" 경위가 말했다.

"사라졌어요. 곧 다시 나옵니다. 거기서는 안 보여요. 이쪽으로 좀 오세요."

경위는 몸을 앞으로 쑥 내밀어 조수석의 오쓰키 옆으로 얼굴을 들이밀고 앞을 바라봤다.

"아무것도 안 보여요."

"아니, 곧 나옵니다……. 저기! 나왔죠? 아니, 자동차 밖이 아니라 바로 눈앞의 유리창입니다."

"아아!"

바로 눈앞의 유리창 표면에는 L자를 거꾸로 세운 것 같은, 있어서는 안 되는 우회전 화살표가 그려진 표지판이 밝게, 가깝게, 분명하게 보였다. 하지만 바로 어디론가 빨려 들어가듯 어둠 속으로 사라져버렸다.

눈앞의 도로는 왼쪽으로 꺾여 있는데, 환상의 표지판은 오른쪽으로 꺾여 있다!

7

"당신이 유리창에 비친 걸 보고 바로 뒷창문을 돌아본
건 제대로 된 반응이에요."

오쓰키는 감탄한 듯 경위의 어깨를 두드렸다.

좌석 뒤쪽 사각 유리창으로는 미등 때문에 붉은 노면
이 바로 눈 아래로 희미하게 보일 뿐 나머지는 먹물 같
은 어둠이었다. 하지만 이내 그 어둠 속 어디선가 새어
나오는 강렬한 빛으로 지금 자동차가 막 지나온 길가의
도로표지판이 선명하게 떠올랐다. 그리고 그 환상 같은
어둠 속 표지판은 보이는가 하면 이내 사라지고 또다시
보이다가 이내 사라져 보는 사람들의 눈 속에 선명한 잔
상을 몇 개씩 겹쳐놓았다.

"우연한 장난 같은 거예요." 오쓰키가 말했다. "저 빛

은 바로 옆 작은 산 너머에서 비스듬히 꽂히는 항공등대의 섬광입니다. 다시 말해 이쪽에서 보면 반대편 왼쪽 커브를 알려주기 위해 존재하는, 정확히 왼쪽을 가리키는 어둠 속 표지판인데, 여기 섬광에 비치는 순간, 뒤쪽 창문을 빠져나와 앞의 이 유리창에 오른쪽을 가리키는 표지판이 되어 비치는 겁니다. 쿠페의 실내등은 꺼져 있었고 앞 골짜기의 공기는 맑고 전조등 불빛은 어둠 속으로 사라져버렸습니다. 게다가 이 유리창은 조금 경사져 있기 때문에 반사된 영상은 앞좌석에서 앞으로 구부리고 있는 사람이 아니면 보이지 않습니다. 하지만 그래도, 언뜻 찍힌 이 허상을 진짜라고 오인하여 골짜기로 뛰어내리다니 보통 인간은 아니네요."

"잘 알았어요. 아무튼 당장 내려가 봅시다."

경위의 말에 따라 사람들은 자동차를 놔두고 골짜기 쪽으로 갔다. 전조등 불빛 속에서 몸을 숙여 살펴보니 길가에서 잔디밭이 시작되는 곳쯤에 쿠페가 계곡으로 미끄러진 자국 같은 것이 보였다.

"여기라면 내려갈 수 있겠네요. 경사가 완만해요."

나쓰야마 경위는 산 쪽으로 손전등을 이리저리 흔들며 앞장서서 내려가기 시작했다.

뒤따라가던 오쓰키가 "나쓰야마 씨" 하고 말을 걸었다. "그런데 범인이 호리미 씨의 딸이라는 증거가 있나요?"

"흉기죠." 경위는 걸으면서 말했다. "여성용 예쁜 칼에 17번째 생일 기념 문구가 새겨져 있어요. 그것도 올해 봄 날짜로. 딸인 도미코 씨가 올해 열일곱 살입니다."

오쓰키는 말없이 고개를 끄덕이고는 그대로 풀을 밟으며 작은 손전등에 의지해 산을 내려갔다. 하지만 곧 갑자기 멈춰 섰다.

"나쓰야마 씨, 태어나서 두 살이 되면 첫 번째 생일이 와요. 세 살이 되면 두 번째 생일이 오고요. 올해 열일곱 살이면 열여섯 번째 생일이에요."

"네, 뭐라고요?"

경위가 엉겁결에 돌아섰다.

"나쓰야마 씨……. 열일곱 번째 생일이라면 칼의 주인은 열여덟이에요."

"열여덟?" 경위는 잠시 멍하게 서 있다가 당황해서 곧바로 주머니에서 수첩을 꺼내 떨리는 손으로 펼쳤다. "아니, 정말 면목이 없습니다. 정말 그렇네요. 그리고 딱 열여덟 살인 사람이 있어요."

"누구죠, 그 사람이?"

"하녀 도시야입니다!"

마침 이때 경찰이 손전등을 비춘 조금 평평한 곳에서 뭔가 부서진 듯한 커다란 자국이 발견됐다.

"저기서 공중제비를 돌았구나. 자동차가……."

오쓰키가 외쳤다.

"바로 저기예요. 서두릅시다."

사람들은 말없이 여기저기를 찾기 시작했다. 이 부근부터 가시덤불과 이름 모를 관목들이 잡초 속에 섞여 있었다. 곧 오쓰키가 말라가는 관목 그늘에서 뒹굴던 쿠페의 예비 타이어를 발견했다. 사람들은 더 말이 없어지고 초조해졌다. 작은 빛이 산 표면을 어지럽게 비췄고 옷자락이 스치는 바스락거리는 소리가 들렸다. 경위가 움찔하며 멈춰 섰다.

바로 눈 아래 움푹 팬 구덩이에 진짜 크림색 쿠페가 새까만 배를 드러내고 무참히 뒤집혀 있었다.

경위와 오쓰키는 말없이 구덩이로 뛰어내려 쿠페의 문을 억지로 비틀어 열었다.

"이런!" 경위가 외쳤다.

자동차 안은 텅 비어 있었다. 하지만 오쓰키는 바로 몸을 굽혀 앞좌석 뒷부분 시트에서 피로 얼룩져 이상하게 얽힌 길고 흰 머리카락 몇 가닥을 집어 올렸다.

쿠페는 정말 처참한 상태였다. 유리는 전부 산산조각
이 나고 뒤 차축은 맥없이 휘어지고 맞은편 문은 떨어져
나가 어디론가 날아가고 없었다. 자질구레한 부속품 같
은 건 온데간데없었다.

얼마 지나지 않아 사람들은 떨어져 나간 반대편 문에
서 저 멀리 잡초 위까지 드문드문 이어진 핏자국을 발견
했다. 범인은 부상을 입었지만 기적적으로 살아 있었던
것이다. 사람들은 바로 핏자국을 따라가기 시작했다.

"이것 참, 머리가 하얀 어린 여자라는 건가⋯⋯. 흠, 도
대체 당신은 어떤 증거를 찾았죠? 그 칼이라는 걸 보여
주세요."

오쓰키의 말에 경위는 언짢은 듯 주머니에서 손수건
에 싼 칼을 꺼냈다.

오쓰키는 칼을 받아 들고 전깃불을 비추며 상아 손잡
이에 새겨진 글자를 읽기 시작했다. 그리고 곧 눈을 반짝
이며 멈춰 서서 경위의 어깨를 툭 쳤다.

"당신은 이 날짜가 보이지 않았나요? 설마 눈이 안 보
이는 건 아닐 테고⋯⋯. 보세요, 2월 29일이 생일인 사람
은 2월 29일에 태어났겠지요. 그런데 2월 29일은 윤년에

만 있어요. 그러니까 이 사람 생일은 4년에 한 번밖에 안 오는 거고. 이 사람이 열일곱 번째 생일을 맞았으면 몇 살이 될까요. 예순이 넘어요."

"알았다!"

경위가 황급히 달려나가려 하자 오쓰키가 급하게 손을 들어 제지했다.

바로 눈앞에 유난히 큰 관목이 우거진 곳 너머에서 부스럭대며 나뭇잎이 스치는 소리가 났다. 사람들이 발소리를 죽이며 다가갔다. 경위가 수풀 뒤로 돌아 손전등을 확 비췄다.

생각보다 작고, 검고, 납죽 엎드린 것은 괴로운 듯 다리를 끌면서도 반대쪽으로 정신없이 네발걸음으로 기어갔다. 하지만 등에 빛을 비추자 바로 멈추더니 갑자기 이쪽으로 돌아봤다.

"에반스다!"

완전히 백발인, 작고 하얀 에반스의 얼굴이었다. 사랑하는 도미코를 끝까지 지켜낸 기품이 서린 에반스의 얼굴은 죄에 대한 두려움과 회한으로 일그러져 있었다.

(1936년)

꼭두각시 재판

あやつり裁判

원래 법원이라는 곳은 가보면 세상의 이면 같달까요. 다양한 죄인들이 죄 모이니까요. 이런 곳에서 20년이나 일을 한다고 하면, 분명 재미있는 이야기를 많이 들었을 거라고 생각할 텐데, 그러기는커녕 20년이나 근무한다는 점이 오히려 역효과랄까. 물론 재미있는 사건이 없었던 것은 결코 아닙니다. 뭐랄까요. 면역이라고 할지. 맞아요, 불감증에 걸려버린 겁니다. 그러니까 사형 선고를 받자마자 변호사의 가방이니, 의자니, 이것저것을 닥치는 대로 재판장을 향해 던지는 혈기 왕성한 죄인도……, 이런 녀석은 처음부터 적잖이 곤란했습니다만, 조금도 날뛰지 않고 그냥 흔들리듯 기대어 오는 죄인도, 지금은 어떠한 감흥도 없이 마치 목재를 운반하듯 이치가야행 죄인 이송 차량에 싣습니다. 이렇게 되면 말이죠. 오히려 훔쳤다거나 죽였다거나와 같은 촌스러운 형사 사건 따위보다 차라리 민사 사건, 뭔가 이혼 이야기가 차분하고 재미있습니다.

그런데 지금부터 이야기하려고 하는 것은 결코 그런 사건이 아닙니다. 물론 형사 사건입니다만, 뭐랄까요, 몹시 색다른 녀석입니다. 불감증이 생긴 저조차도 아직 잊을 수 없을 정도로 터무니없는 사건입니다.

가장 처음 일어났던 사건은 시바신메이의 쇼가이치 (9월 11일부터 9월 21일까지 치르는 제례) 무렵이었으니 9월의 추분 전이 되겠네요. 형사부 2호 법정에서 평범한 절도 사건에 대한 공판이 시작됐습니다.

피고인은 칸다의 어느 세탁소에서 일하는 젊은 배달부로 이름은 야마다라고 했는데, 야학에 다니는 학생입니다.

사건 날짜는 기억나지 않지만 아무튼 7월의 아직 햇볕이 쨍쨍하고 더운 무렵이었습니다. 니혼바시 기타지마정에서 사카모토라고 하는 대부 업자의 집이 털린 것입니다. 이 사카모토란 사람의 집에는 부부와 대학생 정도로 보이는 자녀가 두세 명 있었는데, 마침 여름 방학이라 자식들은 모두 바다에 나가고 집에 없었습니다. 그리고 마침 피해를 본 그날 아내는 하녀를 데리고 점심 무렵부터 백화점에 쇼핑하러 나가 남편인 사카모토 혼자 남았다고 합니다. 홀로 남은 사카모토는 대부업자라고는 해도 은밀하게 가정집에서 하는 대부업이기 때문에 현관문을 잠그고 다다미방에서 무료한 나머지 글을 읽기 시작했습니다. 이후 3시를 알리는 시계 소리를 듣고 난 뒤부터 꾸벅꾸벅 졸기 시작했다고 합니다. 그리고 20분쯤 지난 시점인 3시 20분 무렵에 쇼핑을 하러 갔던 부인이 하녀와 함께 돌아왔습니다. 사카모토는 그때까지 20분 동안 완전히 잠들어버렸다고 합니다. 그래서 아내는 어쩔 수 없이 자물쇠가 잠겨 있지 않은 부엌문으로 기어들어 갔습니다. 부엌으로 들어가 안방 다다미 위에 있는 구둣발 자국을 발견하고는 깜짝 놀라서 주차장 다다미방에서 남편을 깨우고는 즉시 안방 찻장을 뒤졌습니다. 바다에서 쓸 생각으로 잠시 그곳 서랍에 넣어둔 300엔의 돈이 없어졌습니다. 뭐, 이런 이유로 사건은 바로 경찰에 넘겨졌습니다.

경찰에서 처음에는 빈집털이범이라고 생각하고 찾아 헤맸지만, 머지않아 출입하는 상인이 수상쩍었고 사카모토 집에 출입하는 사람들을 닥치는 대로 이 잡듯 뒤졌습니다. 그 결과 지금 말한 칸다 세탁소의 배달원이 거론

된 것입니다.

거론되었을 뿐 세탁소 직원이 자백한 것은 결코 아닙니다. 당사자의 말에 의하면 사카모토 집은 거래처임은 틀림없지만, 그날은 들르지 않았다고 합니다. 기타지마 정에는 갔지만, 점심 무렵이었고 사건이 있던 2시경에는 구라마에에 갔었다고 합니다. 기타지마정 쪽을 조사해보니 두세 곳의 단골집에 점심때쯤 들른 것은 사실이었습니다. 구라마에에는 거래처가 단 한 곳도 없어서 새로운 거래처를 뚫어볼까 하는 마음에 그저 어슬렁어슬렁 하얀 페인트칠을 한 손수레를 끌고 다녔다고 했지만, 증인은 아무도 없었습니다. 사카모토 집을 조사해보니 부엌문 손잡이에 남아 있던 지문은 나중에 돌아온 하녀와 아내의 지문에 의해 지워져 증거로 사용하기 어려웠습니다. 하지만 마루에 있던 흙 발자국이 마침 그 세탁소 직원이 신고 있던 흰 구두 자국과 거의 일치했습니다. 또 형사들이 세탁소를 샅샅이 조사하다가 야마다 어쩌고 하는 그 배달부의 바구니 속에서 200엔이라는 거금을 발견했다고 합니다. 야마다는 나중에 독립하기 위해서 평소 모아둔 돈이라고 우겼습니다만, 뭐 그런 이유로 좋든 싫든 간에 송치됐고 예심도 끝나고 드디어 공판하게 됐습니다. 사건 자체는 대단한 것이 아닙니다만, 검사 측이나 피고 측도 확실한 증거가 없었기 때문에 이런 경우 막상 공판이 열리면 대부분은 시간이 오래 걸립니다. 게다가 딱하게도 그 세탁소 직원은 시코쿠 출신이라 어릴 때부터 도쿄에는 의지할 사람이 아무도 없었습니다. 가게 주인도 그런 일로 경찰에 끌려간 뒤로는 전혀 말을 섞지 않았으니 피고를 위해 유리한 증언을 해주는 사람은 국선변호사뿐이었습니다. 그런데 국선변호사라고 하는 사람은 매우 사무적이어서, 아무래도 세탁소 직원 입장이 난처하게 됐습니다.

그런데……, 그런데 말이지요. 이 친척도 아무도 없는 빈약한 서생의 피고에게 갑자기 구원의 신이, 그것도 엄청난 미인의 구원의 신이 나타났습니다.

두 번째 공판 때의 일입니다. 증거 조사가 시작되기 전에 변호사가 돌연 증인 신청을 했습니다. 물론 피고나 변호사에게 부탁받지도 않은, 완전히 생판 남이 증인을 자청했기 때문에 재판장은 검사와 합의하여 바로 그 증인을 채택했습니다.

여기서 출두한 증인은 요시초의 '쓰보한'이라고 하는 요정의 여주인으로 상당한 미인이었습니다. 이름은 후쿠다 키누, 나이는 서른 안팎의 어떻게 봐도 프로페셔널해 보이는 멋진 중년의 여성상이었습니다.

드디어 증인 선서도 마치고 증언에 들어갔는데, 증언이 참으로 분명했습니다. 후쿠다 키누라는 미인의 말에 의하면……. 이 여주인은 사업상 항상 정오쯤에 일어나서 아사쿠사의 관음보살에 참배하는 습관이 있다고 합니다. 마침 그 사건이 있던 날도 습관처럼 관음보살 참배를 마치고 돌아오는 길에 문득 요코아미초의 지진 재해 추모비에 들러 참배할 생각이 들었다고 합니다. 게다가 시간을 보니 3시가 조금 지났을 뿐이라 늦지 않았구나 하고 생각해서 구라마에에서 내렸는데, 그때 흰색 페인트칠을 한 손수레를 끌고 가는 피고인을 분명히 보았다고 합니다. 왜 잘 기억하고 있냐면 그 흰 손수레를 끄는 피고인을 본 덕분에 그때까지 잊고 있었던 소중한 기모노를 세탁할 수 있었기 때문이라고 합니다. 그리고 사건의 신문 기사를 읽고, 그날 3시부터 3시 20분경 사이에 사카모토 집에 들어간 범인이 사진에 나온 세탁소 직원이라니 아무래도 이상하다고 생각했지만, 그렇다고 해서 증인을 신청하면 쓸데없는 일을 만드는 것 같기도 하고, 침묵하면 안 된다는 생각도 들어 지금까지 고민하고 있었다고 합니다. 증언이 사실이라면 사건 발생의 앞뒤가 전혀 맞지 않았습니다. 변호사는 갑자기 힘이 났는지 니혼바시 기타지마초에서 아사쿠사 구라마에까지는 차를 타고도 5분에서 10분 사이에는 절대 갈 수 없다고 주장했습니다. 재판장은 증인에게 시간도 다시 물었고, 피고와 대면하게 하여 얼굴을 잘 못 보지는 않았는지 확인했습니다. 검사와 변호사의 변론 끝에 결국 판결은 다음으로 미뤄졌습니다. 그사이 검사는 기를 쓰고 그 '쓰보한'의 여주인과 세탁소 배달원 사이에 무언가 특별한 관계라도 있는 것은 아닌가 하는 생각으로 형사를 여러 곳에 보내 조사했지만, 전혀 소용없었답니다. 탈탈 털어도 완전 생판 남으로 '쓰보한'의 여주인은 확실히 정당한 증인이었습니다. 배달원은 수혜자가 됐습니다. 게다가 증인은 엄청난 미인이었으니, 마치 자비를 얻은 것 같았습니다. 그런 이유로 결국 세탁소 직원은 증거 불충분으로 무죄 판결을 받았고, 일단 사건도 끝이 났습니다.

그런데 이야기가 지금부터 재미있어집니다.

절도 사건이 있고 나서 반년 정도 지났을 무렵의 일입니다. 역시 형사부이지만 이번에는 3호 법정에서 방화 사건의 공판이 있었습니다. 물론 담당 판사도 검사도, 이

전의 절도 사건 때와는 달랐습니다. 방화 사건을 요약해서 말해보겠습니다.

피고인은 마우라 모라고 하는 고무회사의 직공으로 시바의 산코마치 부근에 살고 있던 독신이었습니다. 평소 무언가의 이유로 미워하던 같은 동네의 담배 가게 뒷문에 불을 낸 사건입니다. 아직 추운 칼바람이 부는 겨울밤의 일입니다. 이 방화 사건도 딱히 확실한 물적 증거가 없었지만, 운이 나쁘게도 사건이 일어나기 며칠 전에 피의자인 미우라가 담배 가게 주인과 말다툼을 해서 '이깟 가게 따위, 없애버릴 거니까!'라고 협박했던 사실이 밝혀졌습니다. 그래서 겨우겨우 기소됐을 때는 자백했지만, 막상 공판에 오자 경찰에게 자백을 강요받았다며 갑자기 진술을 번복하고 범행을 부정하기 시작했습니다. 피고인은 맨 처음 경찰에게 말한 대로 사건이 있던 날밤, 초저녁부터 아사쿠사에서 영화를 봤다고 주장했습니다. 재판장은 영화를 봤다는 증거가 될 만한 것이든 뭐든 제출하라고 했습니다. 그러자 피고는 잠시 생각한 끝에, 그날 밤 엄청나게 일찍 나가 아직 개관하지 않은 영화관 매표소에서 대기자 행렬의 제일 선두에 서서 매표를 기다리고 있었으니 조사를 하면 분명 누군가는 자신을 본 사람이 있을 거라고 말했습니다. 그래서 바로 영화관 종업원 두세 명을 증인으로 불러 피고인과 대면하게 했습니다.

그런데 피고인이 말하는 범행 당일 상영 영화 프로그램이나 내용은 분명 맞지만, 피고인이 대기자 행렬의 선두에 섰다고 하는 부분에 대해서는 하루에도 몇 번씩이나 개관하는 데다 매일 있는 일이라 전혀 기억하지 못한다고 증인인 종업원들은 말을 아꼈습니다. 즉, 피고인에게 유리한 증거는 하나도 없었다는 것입니다. 아니, 그 정도가 아니라 여기서 피고에게 오히려 불리한 증인이 나와버렸습니다.

문제의 증인은 사건 당일 밤 영화관에 대해 말할 것이 있다고 스스로 자진해서 경찰에 신청한 증인이었기 때문에 검사의 신청으로 출두하게 됐습니다만, 이것이 그……, 뭐랄까요……, 뭐라고 할지……. '쓰보한'의 여주인 후쿠다 키누였습니다.

아니, 정말 묘한 여자가 아닌가요. 법원에 인연이 있는 것처럼 보이기도 하고요.

증인 신청을 거절할 수 있었습니다만, 말씀드렸다시피 전에 그 세탁소 절도 사건 때와는 법정도 다르고 담당 재판관도 달랐기 때문에 세탁소 사건의 증인이 방화 사건에도 증인으로 출두했다고는 아무도 몰랐습니다. 저 역시 그때의 일은 나중에 듣게 됐습니다. 하기야, 그때 알았다고 하더라도 두 번 증인이 됐다고 해서 그 사람에 대해 이렇다 저렇다 할 이야기는 아닙니다만……. 아니, 그것이 아니라도 대체로 법정은 바쁜 곳이라서, 이런 식으로 두 사건을 따로 말씀드리면 굉장히 특이해 보이지만, 실제로는 오히려 이런 정도의 사건은 꽤 발생하니 증인을 하나하나 기억할 수는 없습니다. 전에 말한 그 불감증 문제이지요.

그런데 방화 사건에 불려간 '쓰보한'의 여주인 말입니다. 그날 이 미인은 수놓은 옷을 입고 머리를 틀어 올려 조금 나이 들어 보이게 하고 왔습니다. 정해진 룰에 따라 거짓말은 하지 않겠다고 선서하고 증언에 들어갔습니다. 키누 씨의 증언은…….

방화 사건이 있던 날 밤에 문제의 영화관에서 가장 먼저 표를 산 사람. 즉, 대기자 행렬의 선두에 있던 사람은 피고인이 아니라 바로 자신이라고 합니다. 어떤 영화든 사업상 끝까지 보고 있을 수는 없었기 때문에 빨리 갈 생각으로 일찍 나갔다고 합니다. 그리고 법정에 있던 피고인을 보며 그때 자신의 뒤에 이런 사람은 없었다고 확실하게 진술했습니다. 본인 역시도 사람을 죄인으로 모는 게 좋지 않지만, 확실히 아니라는 것을 알고 있기 때문에 숨길 수 없었다고 했습니다. 아니, 물론 피고는 화를 냈다고 합니다만, 그 증언을 뒤집을 만한 반대 증거가 전혀 없었기 때문에 가망이 없었습니다. 게다가 조사해 보면 증인도 피고도 아무 관계 없는 타인이었습니다. 적어도 그때까지는 눈곱만큼의 원망도 없는 사이이니 여주인의 증언도 우선 정당한 한 시민의 목소리라고밖에 볼 수 없었습니다.

그러한 이유로 절차에 따라 재판장의 몇 번의 확인과, 검사와 변호사가 옥신각신 입씨름 끝에 결국 다음 공판에서 유죄로 징역 6년의 판결을 선고받았습니다.

아니, 이런 식으로 말씀드리면 마치 '쓰보한' 여주인의 증언만으로 피고인이 유죄가 된 것처럼 보일지도 모르지만, 사실 그렇지는 않습니다. 사건 당시의 정황이나 피고인 측에 유리한 증거가 전혀 없다는 점. 게다가 피고의 평소 행적도 참작된 결과입니다. 하지만 물론 후쿠다 키누의 증언이 판결에 큰 영향을 준 것은 뭐, 분명하지요. 네? 피고 말인가요? 물론 곧바로 항소했지만 안타깝게도 소용없었습니다.

그런 이유로 방화 사건도 일단 결론이 났습니다만, 이 대로 끝나 버리면 아무것도 아니지요. 지금부터가 본론 입니다. 문제는 '쓰보한'의 여주인에게 있습니다. 아니, 아무래도 터무니없는 여자입니다.

그렇습니다. 방화 사건이 있고 나서 3개월쯤 지났을 때입니다. 이제 슬슬 여름이 오려고 할 무렵이지요. '쓰 보한'의 여주인이 또 법정에 찾아왔습니다. 아니, 이번에 는 제가 이 눈으로 직접 봤습니다.

여자를 본 곳은, 맞아요, 형사부 복도였습니다. 처음에 는 인파 속에서 부딪쳤습니다. 여주인, 전과는 달리 올림 머리를 하고 여름용 외투를 걸치고 있었습니다. 아니, 처 음에 저는 미인도에 나올 법한 미인을 보고는 어디서 많 이 본 것 같네 하고 잠시 멈춰 섰을 뿐, 누군지 바로 생각 나지는 않았습니다. 그래서 무슨 재판 방청이라도 온 사 람이구나, 아무튼 그렇게 생각했습니다. 방청객 중에는 자주 오는 별난 사람이 많으니까요. 처음에는 그렇게 생 각했습니다만, 어쩐지 증인 대기실에 들어가는 모습을 보니까요……, 그렇습니다. 조금 묘했달까? 나중에 법 정을 조사해보니 어땠을까요? 이번에는 1호실 살인 사건에 입회하지 않았겠습니까. 무엇보다 그때는 아직 그 여자가, 절도사건 외에도 방화 사건과 관련 있는지는 몰랐습니다만, 그렇다고 해도 증인으로 서는 정도로 생각했습니다. 그런데 마침 휴식 시간에 1호 법정의 변호사가……, 그 변호사는 히시누마라고 했습니다. 히시누마 씨가 무슨 볼일이 있어서 저희 방에 왔길래 잠시 물어본 겁니다. 그때 히시누마 씨는 별로 이상하게 생각하지 않은 것 같았습니다만 마침 옆에 있던 제 동료인 나츠메가 어떤 여자인지 외모부터 이름까지 묻는 것 아니겠습니까. 그래서 이런 여자라고 말했더니 그 여자라면, 전에 방화 사건 때도 3호 법정에서 증인으로 섰다고 했습니다. 그래서 저도 처음 그 사실을 알게 됐는데, 나츠메의 이야기를 들은 히시누마 씨는 갑자기 의아한 생각이 들었다고 합니다. 미심쩍음을 너머 몹시 흥분할 정도로 말이지요.

아니, 전혀 무리도 아닙니다. 듣고 보면 그 살인 사건 말이지요. 메구로 부근에 사는 어느 샐러리맨이 근처에 사는 돈 좀 있는 과부를 죽였다는 내용입니다. 이 사건 역시 증거가 불충분해서 심리가 좀처럼 이뤄지지 않았는데, '쓰보한'의 여주인이 증인으로 나타났습니다. 전의 방화 사건처럼 나중에 경찰에 신청했다고 합니다. 즉 검사 측에서 나온 증인입니다. 물론 피고인에게 불리한 증언을 했지요. 이번에는 마침 사건이 있던 날에 경마를 구경하러 갔다고 합니다. 평소보다 늦은 귀갓길에 살해당한 과부의 집이 있는 골목에서 갑자기 튀어나온 사내와 부딪쳤다고 했습니다. 물론 범행 시각과 일치한다고 하죠. 그 '쓰보한'의 여주인은 나중에 신문에 실린 사진을 보고 용의자가 자신과 부딪힌 남성과 똑 닮아 수상쩍게 생각했다고 합니다. 이윽고 이런 내용이 경찰의 귀에 들어가 소환되자, 직접 나와 진술하게 됐고 법정에서 피고인의 얼굴을 보고 시원한 목소리로 "네, 이 사람이 분명합니다."라고 했습니다.

물론 살인 사건의 판검사는 지난번과는 또 달랐기 때문에 쓰보한의 여주인이 그렇게 몇 번이나 증인대에 선 여자라는 사실은 미처 몰랐습니다. 그런데 히시누마 변호사는 정말 미심쩍어했습니다. 하지만 아주 우연의 일치라고 말하면 그뿐입니다. 검사 측에서도 일단 증인으로 채용한 이상, 물론 상당한 미인이기도 했으니, 섣불리 성급하게 의문을 제기하여 일을 그르치면 안 된다고 히시누마 씨는 생각했죠. 다행히 그날의 공판은 일단 폐정

됐고, 판결까지는 아직 꽤 시간이 있었기 때문에, 어쩌면 '쓰보한'의 여주인은 있지도 않은 거짓 증언을 하고 있었을지도 모르니까, 다음 공판까지 철저하게 조사하고 잘하면 재판을 반대의 결과로 이끌 수 있지 않을까 하는 뭐 그런 비장한 결심을 했다고 합니다.

아니, 정말이지 히시누마 씨가 진지해지니 옆에서 보기에도 눈이 매서웠달까요. 물론 이 사건 외에도 몇 가지 사건을 맡아 바쁜 몸이기에 매일 법원에 왔다 갔다 했는데, 역시나 몹시 답답해하는 날이 많았습니다.

나중에 들은 이야기입니다만 우선 히시누마 씨는 '쓰보한'의 여주인이 거짓 증언을 하고 있다고 가정하고 왜 그런 터무니없는 증언을 했는지, 즉 살인 사건의 피고와 여주인 사이에 뭔가 비밀스러운 원한 관계라도 있는지 밝히기 위해 온 힘을 쏟았다고 합니다. 하지만 어떻게 조사한들 의문이 완전히 해결되지 않았습니다. 그런 관계라는 증거는 조금도 나오지 않았거든요. 그래서 이번에는 기록을 더듬어, 전에 있던 방화 사건과 절도 사건에 대해……. 이것은 이미 판결이 났으니까 조사도 꽤 했겠지만 어쨌든 마찬가지로 연인 관계든 원한 관계든 그러니까 전에 각각 한 번씩 담당자가 조사한 것을 다시 한

번 깨끗하게 털어보았습니다. 물론 이것도 소용없었습니다. 세 사건의 어느 피고와도 '쓰보한'의 여주인은 아무 관계도 없는 생판 남이었습니다.

이 조사 덕분에 여자의 신분도 꽤 밝혀졌습니다. '쓰보한'은 번듯하게 가게는 갖추고 있었지만 요즘 불경기 여파로 좀처럼 침체에서 벗어나지 못하고 손님도 많지 않다고 합니다. 그런데도 돈은 비교적 잘 번다고 하죠. 그러니까 내실이 좋다는 말입니다. 평소 생활도 꽤 화려하다고 합니다.

히시누마 씨는 한번 수수께끼 여주인이 가게를 비운 틈을 타서 손님으로 가장해 '쓰보한'에 가서 직원을 붙잡고 은밀히 조사해봤다고 합니다. 히쿠다 키누는 물론 그 가게의 경영자가 맞고, 흔한 레퍼토리지만 '종종 오는 남편'이 있었습니다. 그래서 "장사는 불경기인데, 여주인은 돈을 번다면서요?"라고 묻자, 마치 제대로 훈련받은 앵무새 같은 말투로 "그건 남편이 경마로 돈을 벌기 때문이겠죠?"라고 직원이 말했다고 합니다.

이것으로 남편도 여주인도 경마를 좋아한다는 것을 알겠군. 하지만 남편이 버는 것인지 여주인이 버는 것인지, 어찌 알겠어!

히시누마 씨는 그렇게 생각하면서 철수했다고 합니다. 그러나 이 정도로는 아직 실마리가 전혀 풀리지 않았습니다.

한편 그러는 동안에 다음 공판 기일이 다가오고 있었습니다. 히시누마 씨는 적잖이 안절부절못하기 시작했습니다. 그래서 이번에는 '쓰보한' 여주인의 증언을 거꾸로 뒤집을 만한 증거가 없는지 찾으러 나섰습니다.

하지만 역시나 좀처럼 찾을 수 없었습니다. 아니, 원래 여주인이 증인으로 선 이유도 알다시피 확실한 증거가 있는 것은 아니고 피고를 보았다느니 못 봤다느니 하는, 단순한 증언만 있었을 뿐이니까요. 여주인 역시 거짓말은 하지 않겠다는 선서를 했을 뿐, 확실히 봤다는 증거는 없었습니다. 한편 히시누마 씨에게도 여주인의 증언이 모두 거짓말이라고 단언할 만한 확실한 증거가 없었습니다. 그래서 이 경우 여주인의 증언이 모두 거짓말이라고 주장하기 위해서는 왜 거짓말이라고 하는지 그 증거, 즉 여주인과 피고 사이에 각각 무언가 특별한 관계가 있다거나, 혹은 그 밖에 무언가 여주인이 그런 거짓말을 해야 할 이유가 없으면 안 됩니다. 그런데 특별한 관계도, 실마리도 아직 발견되지 않으니 히시누마 씨가 미친 사람처럼 된 것도 무리는 아닙니다. 아니, 이렇게 되니 더더욱 히시누마 씨는 그 세 가지 증언을 우연이라고 생각할 수 없게 됐습니다. 오히려 '쓰보한' 여주인은 터무니없이 무서운 여자로 느껴졌죠. 주제넘게 나서서 제멋대로 증언하는 것뿐만 아니라, 어쩌면 그 중간중간 이런저런 사건에도 하수인을 동원해서 재미 삼아 사방팔방으로 증언하고 있는 것은 아닐까, 아니, 또 그렇다면 대체로 법원에 나오는 증인은 거의 모두 이 '쓰보한' 여주인과 같은 소굴이 아닐까, 하는 것처럼요. 하지만 이것은 평상시에도 가끔 일어나는 히시누마 씨의 이상한 증상이라고 합니다만……. 뭐 어쨌든 그런 이유로 히시누마 씨는 어찌할 바를 몰랐습니다.

공판 기일 전날까지도 특별한 관계나 이유를 찾지 못하자, 마침내 히시누마 씨는 생각다 못해 잘은 모르지만 지인인 아오야마라는 사람에게 사정을 자세히 털어놓고 상담했습니다.

아니, 그런데 이 아오야마 씨는 확실치는 않지만 학문도 하고 탐정도 하는 굉장한 사람이어서 히시누마 씨 부탁을 두말없이 받아들였다고 합니다. 어떻습니까? 대단하죠.

◇

　이제부터 드디어 본무대에 들어가 아오야마 씨가 등장하게 됩니다. 아니, 정말이지, 이 사람은 정말 머리가 좋아 깜짝 놀랐습니다. 어쨌든 히시누마 씨가 그렇게 머리를 쥐어짜도 해결할 수 없었던 문제를 후다닥 처리해 버렸으니까요.

　드디어 다음 공판 날입니다. 물론 이 공판에서는 증거 조사도 퇴짜를 맞았고 '쓰보한'의 여주인도 출정했습니다. 그래서 우선 아오야마 씨는 미리 히사누마 씨에게 "어떤 상황이 돼도 좋으니, 판결만은 조금이라도 늦게 나오도록 버텨주세요."라고 부탁하고, 본인은 방청인인 척하고 방청석에 앉아 일단 재판을 감시한다고 하면 이상하지만, 뭐, 새침하게 구경했습니다. 앞쪽의 변호사석에서 피고와 여주인 따위와 나란히 앉은 히시누마 씨가 열심히 재판관들을 상대로 끈기 있게 진술했습니다. 아니, 확실히 긴장하고 있었습니다.

　2시간 정도 지나 일단 낮 휴식 시간에 들어가자, 퇴정한 아오야마 씨는 방청인 휴게실에서 담배를 한 대 피우고는 곧장 어디론가 뛰쳐나갔습니다. 저는 점심 식사라도 하러 가셨나 했는데 이윽고 카메라 같은 것을 가지고 돌아와 히시누마 씨를 통해 제게 대단한 일을 부탁했습니다.

"다름이 아니라 오후 공판이 시작되면 판검사석 뒷문을 살짝 열고 이 카메라로 다른 사람은 모르게 공판정을 찍어주십시오. 제대로 찍을 수 있게 조정해놨으니. 제발 부탁입니다."

아니, 아무래도 어려운 일을 부탁받았습니다. 저는 사진을 찍어본 적이 없으니까요. 게다가 대체 공판정 사진으로 도대체 무슨 일을 하려는 걸까요? 아니, 히시누마 씨도 무슨 일인지 제대로 알지 못하고 부탁하니, 안타까웠습니다. 게다가 제가 이렇게 보여도 에도 사나이입니다. 벌레가 있는 곳에 누워보라는 부탁도 수락할 정도의 성격이랄까요.

그래서 "알겠습니다."라고 굳은 결심을 하고 받아들였죠.

드디어 오후 공판이 시작됐습니다. 그런데 참, 운이 좋다고 할지. 재판장이 안경을 잊고 입정했습니다. 그래서 즉시 안경을 건네주러 판검사석으로 올라갔다가 돌아가는 길에 맞은편 낮은 곳에 있는 히시누마 씨 쪽을 향해 카메라를 들고 찰칵 사진을 찍었습니다. 찰칵 소리를 들키지 않도록 쾅 하고 문을 닫았습니다만 왠지 소리가 유난히 귀에 남아 저도 모르게 식은땀이 흘렀습니다. 하지만 괜찮았습니다. 건너편 방청객 중에는 카메라를 발견한 사람이 있었을지 모르지만, 대체로 잘 넘어갔습니다. 아무튼 제 첫 사진입니다.

그날 판사는 공판 중에 판결을 끝낼 예정이었다고 합니다만, 조금 전에도 말씀드린 것처럼 가능한 판결을 늦춰달라고 아오야마 씨가 히시누마 씨에게 부탁했으니, 계속 끈덕지게 물고 늘어진 보람이 있었달까요. 상대방이 상당히 당황하여 결국 판결은 다음 날 하기로 했습니다.

그리고 폐정되자 조속히 아오야마 씨는……. 그는 꽤 기운이 좋은 사람이었습니다. 제게 와서 정녕 사례까지 말하면서 카메라를 가지고 돌아갔습니다만, 그것과는 반대로 히시누마 씨는 적잖이 초조해 보였습니다. 그리고 히시누마 씨의 '초조함'은 다음 날까지도 계속됐습니다. 무리도 아니었지요. 문제의 다음 날이 되고, 드디어 개정 시간이 가까워질 때까지 무슨 일인지 가장 중요한 아오야마 씨가 전혀 모습을 드러내지 않았으니까요.

시간은 점점 다가왔습니다. 유죄? 무죄? 어차피 오늘 판결이 날 겁니다. 이대로 가면 도저히 유죄를 면할 수 없겠지요. 히시누마 씨는 제정신이 아니었습니다. 하지만 시간은 기다려주지 않았습니다. 이윽고 먼저 방청객들이 우르르 입정했습니다. 이어서 양쪽이 서류를 들고 입정했습니다. 그다음에는 검사, 재판장, 맨 앞 공간에는 피고인, 히시누마 씨 순으로 뭐, 어제의 공판정과 같은 사람들이 모였습니다. 히시누마 씨는 몹시 안절부절못하며 주위를 둘러보았습니다.

그렇게 해서 사람들이 자기 자리에 앉자 마치 모두가 입정하기를 기다리기라도 한 것처럼 느닷없이 아오야마 씨가 입구에 나타났습니다. 그리고 적잖이 당황한 히시누마 씨에게는 아무 말도 하지 않고 단상의 재판장에게 공손히 인사했습니다. 그러자 미리 협의라도 한 것처럼 재판장이 잠자코 수긍했습니다. 아니, 놀라더군요. 그러자 아오야마 씨는 문밖을 보고 누군가에게 살짝 눈짓했는데, 그 신호를 기다리고 있었던 것처럼 경관들이 법정으로 우르르, 마치 눈사태가 발생한 것처럼 쳐들어왔습니다. 놀랐습니다.

도대체 경관들이 누구를 잡으러 왔다고 생각하십니까? 네? 엄청납니다. 경관들이 뿔뿔이 흩어지자, 어땠을까요? 똑바로 앉아 이제부터 시작하려는 공판을 기다리고 있던 방청인을. 그렇습니다, 40명입니다. 피고의 관계자는 제외하고 아무튼 그 죄인과 관계없는 방청인들을 한 무더기로 둘러싸고 있었습니다. 일망타진 형태였지요. 정말이지, 당황했습니다. 그러자 바로 앞서 방청석 한가운데 있던 골프 바지를 입은 남성이 모자를 움켜쥐고 허둥지둥 도망쳤습니다. 물론 바로 잡혔죠. 그러자 아오야마 씨가 그 남성 앞으로 가서 말했습니다.

"당신이 후쿠다 키누 씨의 남편이죠? 몸수색 좀 하겠습니다."

곧바로 경찰관의 손에 의해 윗도리가 벗겨졌습니다만, 그러자 어땠을까요. 조끼 주머니에서 갈색 봉투가 한 장 나왔습니다. 뜯어보니 안에는 작은 종잇조각이 열두서너 장 나왔습니다. 종잇조각에는 '무죄 가타오카 하치로'라든가 '무죄 미세노 요시아키'라든가, 마치 뭔가의 문패 같은 형식으로, 제각기 제멋대로인 판결문처럼 무죄라든가 유죄라든가 하는 글자가 이름과 함께 쓰여 있었습니다. 대부분은 무죄였습니다. 물론 그렇게 하는 동안에도 붙잡힌 방청인들은 여기저기서 제각각 저항하거나 다투고 있었습니다만 이윽고 경관의 명령으로 전부 끌려가 어느샌가 재판소 앞에 기다리고 있던 트럭에 실려 경찰서로 갔습니다.

한편 법정에서는 이윽고 얼빠진 재판장이 일어서서 조금밖에 안 남은 사람들을 향해 '사정에 따라 선고는 내일로 연기하겠습니다'라고 했습니다. 조용했습니다.

◇

아니, 이미 아셨잖아요. 그 패들은 묘한 도박을 했습니다. 나중에 아오야마 씨의 설명을 자세히 들었습니다만, 물론 이 주모자는 '쓰보한'의 여주인 남편입니다. 나중에 실토한 바에 의하면 실로 당돌한 악당이랄까요. 이미 오래전부터 법정에서 노름을 했다고 합니다. 즉, 단골 방청인 행세하며 절도 사건이나 사기 사건, 그 외 여러 가지 사건의 유죄 또는 무죄에 돈을 걸고 승부를 결정하는 것입니다. 골프 바지의 말로는 어떤 노름보다도 뭔가 이리 뛰고 저리 뛰고 하는 매력이 있어서 아주 재밌다고 하네요. 엄청난 일입니다. 한 인간이 죄인이 되느냐 안 되느냐가 결정되는 문제이니 도박 따위보다 죄질이 나쁜 만큼 또 재미있잖아요. 아니, 경마 따위의 소동이 아닙니다. 그래서 처음엔 두세 명이 했다고 하는데, 원래부터 전문가들끼리 하면 서로 손해이니까. 이윽고 아마추어들을 끌어들이기 시작한 겁니다. 휴식으로 퇴정했을 때, 휴게실에서 반 재미로 온 방청객에게 이번 사건은 어떻게 될까요 하며 꼬시는 겁니다. 그다음에는 하는 수 없이 내기라도 할까요, 뭐 그런 식으로 동료를 끌어들이는 거지요. 물론 승패의 결과는 역시나 전문가 측이 건 재판 결과로 흘러간달까요. 전문가 측이 아무것도 모르는 초보보다는 앞을 내다보고 있으니 승리할 확률이 높다. 뭐, 이런 그림을 그리고 점점 빠져들다 마침내 이번처럼 증거 불충분으로 전혀 짐작할 수 없는 재판에 마누라를 써서 터무니없는 짓을 시작했다고 합니다.

아니, 정말 어처구니가 없어서 말도 안 나옵니다. 그러나 그렇다 치더라도 아오야마 씨의 전광석화에는 정말로 감탄했어요. 아오야마 씨는 처음 히시누마 씨에게 자세한 이야기를 들었을 때, 아무래도 '쓰보한'의 여주인이 어느 쪽으로 결론 날지 알 수 없는 사건에 정확히 등장하는 것이나, 어느 피고인과도 전혀 무관하며, 피고나 검사로부터 소환받지 않고 자신이 신청해서 출석한 것이나, 증거물은 없고, 단지 보았다느니 안 봤다느니 하는 증언뿐이라는 것을 미루어보아 아무래도 여주인이 법정 사정에 밝고 분명 법정 안에 누군가 동료가 있을 것이라고 추측하고 우선 방청인의 대열에 합류했다고 합니다. 이후 방청석과 휴게실에서 이상한 낌새를 느껴 제게 그 사진을 찍게 한 것이지요. 그 사진을 현상하자마자 아오야마 씨는 '쓰보한'에 갔습니다. 거기서 직원에게 그 사진을 보여주니 '이런, 이 안에 주인의 남편이 있네요'라는 말을 했고, 그 결과 드디어 일망타진을 할 수 있게 된 것이지요. 그렇습니다, 안주인 역시 남편만큼이나 중죄였습니다.

(『신청년』 1936년 9월호)

세 명의 미치광이

三狂人

아카자와 의사가 운영하는 사립 뇌병원은 M시 외곽 근처에 약간 높이 솟은 아카츠치산 위에 울창한 잡목림을 배경으로 화장터로 가는 도로를 내려다보듯 서 있는데, 이미 너무 구식 단층이라서 건물처럼 보이기보다 무슨 커다란 거미가 기어가는 듯한 모습이었다.

이번처럼 흉악무도한 참사가 생기기 이전부터 이미 아카자와 뇌병원의 썩어빠진 판자 울타리 안에는 마치 눈에 보이지 않는 나쁜 기운이 솟아오르듯 불길한 공기가 추적추적 빛을 머금고 벌레 붙은 대들보처럼 온 집안을 송두리째 몰락의 길로 인도하고 있었다.

무엇보다 아카자와 의사의 지론에 따르면 정신이상자의 간호는 원래 매우 힘든 일이라고 한다. 환자의 상당수는 때때로 사소하거나 아무런 동기가 없어도 폭행, 도주, 방화 등 나쁜 행동을 하기도 하고, 이유 없이 자살을 시도

하고자 하는 보잘것없는 감정의 착오로 식사 거부, 복약 거부 등의 행동을 해서 환자 자신은 물론이거니와 간호사와 사회에도 매우 위험하기 때문에 충분한 감호와 환자의 정신적인 안정을 위해 사회에서 격리하여 일정한 조직적인 병원에 수용해야 한다고 한다. 하지만 한편으로 정신이상자는 보통 일반 환자나 부상자와는 달리 자신의 병을 자각하지 못하는 사람이 많으니까, 스스로 자신의 몸을 조심할 줄 모르고, 언제 어디서 어떤 위험이 와도 태평하기 때문에 이런 사람을 간호하는 데는 특별한 주의와 친절이 필요해서, 병원과 같은 대규모보다는 오히려 가정처럼 외진 곳에서 소수의 환자를 맡아 간호하는 쪽이 성과도 좋은데, 간호 원칙의 첫 번째는 한 환자에게 한 명의 간호인이 계속 따라다녀야 한다는 것이다.

아카자와 원장의 조상은 일본에서 가정 간호로 가장 유명한 고장, 교토 이와쿠라 출신인 만큼, 누구보다 빨리 이 점에 주목했다. 그리고 서로 모순되는 두 간호 형식을 절충하여 이른바 가정적 소병원을 창립했다. 하지만 환자 한 명당 간호인 한 명을 따로 두려면 중간 경비가 많이 들었다. 첫 대에는 그럭저럭 무사히 지나갔다. 하지만 2대째에는 슬슬 경영난이 찾아왔고 3대에 이르러 마침내 가세가 기울었다.

새로운 시대가 오고 새로운 시립 정신병원이 들어서
자 그때부터 가뜩이나 많지 않던 환자가 눈에 띄게 줄었
다. 훈장을 늘어뜨린 장군이나 위대한 발명가들이 떠들
썩하게 왕래하던 병원은 환자들이 하나둘 떠나가면서
지금까지는 활기찼던 노랫소리도 왠지 묘하게 주눅 들
고 쓸쓸하게 느껴졌고, 특히 바람 부는 밤은 견딜 수 없
을 정도로 으스스함을 자아냈다. 간호인은 삼삼오오 도
망치듯 휴가를 내서 지금은 50이 넘은 늙은 간호인 하나
가 겨우 남아서, 딱히 돌봐줄 사람도 없는 세 명의 환자
를 계속 보살폈다. 이 밖에 약국 일을 겸한 직원이 한 명
있었고, 여기에 원장 부부를 더해 일곱 남녀가 살고 있는
셈인데, 너무나도 황폐한 민둥산의 정적을 덮기에는 너
무 초라한 인원에 불과했다.

닫힌 창문에 거미줄이 쳐지고, 먼지 쌓인 다다미에 푸
른곰팡이가 피어난 빈방이 늘어나자 아카자와 의사의
마음도 숨길 수 없을 정도의 초조함으로 가득 찼다. 언제
부터인가 엉겨 붙기 시작한 분재를 손질하면서 무심코
나무의 싹을 너무 많이 따버리거나, 정규 회진 시간에 심
한 차질이 생길 때까지는 그래도 괜찮지만, 이윽고 크기

가 커진 고뇌의 배출구가 환자를 향해 "이 미친놈아!"라
든가 "너는 바보야, 뇌를 갈아 끼워야 한다고!" 등 무모
한 말을 하자 곁에 있던 간호사나 직원은 환자보다 원장
을 더 불안하게 생각해 슬쩍 쳐다보고는 쓸쓸한 표정을
지었다. 그때 환자는 갑자기 입을 다물고 늘 배운 대로
원장님의 말씀을 알아듣기 위해 애쓰는지 묘한 눈을 부
릅뜨면서 슬금슬금 주춤주춤했다.

　세 명의 환자는 모두 중년 남성으로 물론 각자 본명이
있는데, 여기서는 특별한 호칭으로 불렀다. '탁탁'은 1호
실 남자인데, 매일 병실 창문에 기대어 화장터로 가는 자
동차 행렬을 쳐다보거나 전신주의 까마귀를 쳐다보면
서 끊임없이 오른쪽 발가락으로 앞쪽 다다미를 탁탁 두
드리는 버릇이 있었다. 이 버릇은 매우 집요하기도 해서
'탁탁'이 항상 서 있는 창 밑의 다다미 일부는 탁탁 할 때
마다 발바닥과의 마찰로 부스스하게 일어나 약재를 가
는 절구처럼 움푹 패어 있었다.

　2호실 남성은 (미리 말해두지만, 환자가 적어지자 각 병실
에 흩어져 있던 세 명의 미치광이는 간호의 편의상 안채와 가장
가까운 1, 2, 3호실로 옮겼고, 나머지 4호실부터 12호실까지는
전부 비어 있었다) '가희'로 불리는데, 수염이 멋있게 난 그

는 여자 옷을 입고 가련한 소프라노를 부르고 발광 당시 익혔을 법한 케케묵은 유행가를 밤낮없이 계속 불렀다. 우리가 앙코르의 의미로 손뼉을 쳐주면 느닷없이 웃음을 터뜨리곤 했다.

다음으로 3호실은 '부상자'로 불렸다. 어디 한 군데 다치지는 않았지만 스스로 크게 다쳤다며 머리부터 얼굴 가득 붕대를 감고 절대 안정이 필요하다는 의미에서 항상 방 안에서 위를 보고 누워만 있었다. 어쩌다 간호인이라도 가까이 가면 큰 소리로 고함을 질러 타인이 환부에 손 대는 것을 완곡하게 거절했다. 그렇지만 역시 원장에게만은 얌전히 몸을 맡겨 때때로 붕대를 갈아주어 겨우 청결을 유지하고 있었다.

세 명의 환자들은 모두 온화한 성향으로 아카자와 병원이 망하든 망하지 않든 그런 것에는 전혀 개의치 않고, 좁은 울타리 안에서 매일 각자의 일에 부지런히 힘쓰고 있었다. 그래도 점점 간호가 소홀해지거나 식사의 질이 떨어지거나 하면 일말의 어두운 그림자가 기력과 낯빛에도 번지듯이 떠올랐고, 그것이 원장의 노여움과 부딪히거나 하면 몹시 민감하게 비굴한 반응을 보여 말할 수 없는 야비한 공기가 점점 짙어지고 바람처럼 솟아올랐다. 그리고 그 바람은 더욱 강하고 격렬하게 회오리바람과 같이 휩쓸려 올라가 마침내 끔찍한 아카자와 뇌병원의 마지막에 부딪혀버렸다.

◇

웬일인지 아침부터 화장터로 가는 자동차 행렬이 늘어서 있었고 끊임없이 이어진 민둥산 자락을 사람 행렬이 연막처럼 뒤덮은 무더운 아침이었다.

늙은 간호사 도리야마 우키치는 여느 때처럼 6시에 눈떠 이쑤시개를 물고 병실로 통하는 복도를 걸어갔는데, 무심코 운동장 구석에 있는 판자 울타리의 뒷문이 열린 것을 보자 멈칫했다.

여기서 잠깐 설명하자면 아카자와 뇌병원 부지는 총 500평으로 높은 판자 담으로 둘러싸인 내부에는 진찰실, 약국, 원장 내외와 집안사람들이 기거하는 이른바 안채와 ㄱ자로 꺾인 한 채의 병실이 150평 정도 되는 환자 운동장을 사이에 두고 세 면으로 둘러서 있었고, 나머지 한쪽은 직접 판자 벽과 맞대어 있었으며 그 뒤쪽으로는 나무 담이 붙어 있었다. 물론 환자 운동장으로 직접 이어진 나무문이기 때문에 안채의 부엌문과는 달리 대문처럼 열리는 일은 절대 없었고, 항상 굳게 잠겨 있었다. 하지만 가끔 원장이 여기서 뒤쪽 잡목림으로 아침 산책을 나가곤 했기 때문에 문득 도리야마는 그러면 원장님이 나갔을까 하고 일단 나무문 쪽으로 걸어갔다. 그러나 설령 원장이 산책하러 나가더라도 중요한 나무문을 열어두고 가는 일은 결코 있을 수 없다. 도리야마는 그렇게 생각하면서 나무문에 도착하자, 불안한 듯이 담 밖을 둘러보았다.

아무도 없었다.

잡목 가지 때문에 보이지 않는 작은 새들이 짹짹 노래를 부르고 있었다. 그러자 도리야마는 문득 이상한 느낌이 들어 무심코 깨물고 있던 이쑤시개를 집어 들었다.

언제나 아침 일찍부터 노래를 부르는 '가희'의 소프라노가, 오늘 아침은 조금도 들리지 않았다. 가희의 소프라노는커녕 그토록 집요하고 촌스러웠던 탁탁 소리조차 어찌 된 일인지 들리지 않았다. 텅 빈 병실은 몹시도 얌전하고 고요하여 이 밝음 속에서 죽은 듯 기분 나쁜 정적을 담고 있었다. 완전히 조용했다. 그 고요함 속에서 낮고 느리지만 빠르고 높게, 도리야마의 심장 뛰는 소리만이 들려왔다.

"이거……, 완전 큰일 났는데!"

자신도 모르게 중얼거린 도리야마는 순식간에 얼굴이 파랗게 질린 채 그대로 병실 쪽으로 달려갔다.

딸랑딸랑, 철컥. 잠시 문을 여닫는 소리가 들렸고, 이윽고 슬픈 듯 떨리는 목소리로 소리쳤다.

"선, 선생님, 큰일 났어요……."

4호실에서 1호실로 이어지는 복도를 밀치고 아직 잠들어 있는 본채 쪽으로 달려갔다.

"큰일 났어요. 큰일 났어요. 환자들이 모두 도망쳐버렸어요."

곧 실내가 깜짝 놀란 인기척으로 갑자기 소란스러워졌다.

"선생님, 어떻게 하죠. 선생님?"

"건너편 침실로……. 빨리 깨워주세요."

"건너편 침실에는 보이지 않습니다."

"없나요?"

"어쨌든 환자들이 모두 도망갔어요."

"공실에는요?"

"아무도 없습니다."

"선생님을 깨워서……."

"선생님이 보이지 않아요."

이윽고 도리야마와 아카자와 부인, 직원 세 명이 단정치 못한 모습으로 운동장으로 뛰어나갔다.

큰일이다. 이러고 있을 수 없다.

도리야마를 선두로 세 남녀는 곧바로 병원 안부터 바깥의 잡목림까지 눈에 핏발을 세우고 분담해서 찾기 시작했다. 그리고 곧 사람들은 금방이라도 울 것 같은 얼굴을 하고 뒷문 앞으로 모였다.

"그런데 선생님은 어떻게 된 걸까요?"

직원이 쭈뼛쭈뼛 말했다.

소란에 놀란 까마귀들이 잡목 가지 끝에서 불길한 소리를 내기 시작했다. 도리야마는 무릎을 부들부들 떨면서 당황했지만, 갑자기 몸을 숙이며 말했다.

"어라, 이거……?"

나무문 바로 안쪽에는 맥주병처럼 보이는 것이 산산조각 나 흩어져 있었다. 병실 변소에 비치한 방취제 유리병이었다. 그리고 그 부근 일대에 이미 말라붙어 딱딱해지기 시작한 검붉은 액체의 비말이 점점 눈에 띄기 시작했다. 직원이 새된 소리를 질렀다.

"도리야마, 뭔가 끌었던 자국 아니야?"

아카자와 부인이 가리키는 곳의 지면에는 확실히 무엇인가 무거운 것을 끌었던 자국이 병실 쪽으로 나 있었다. 그 흔적을 바느질하듯 따라가 보니······.

세 사람은 말소리를 죽여가며 흔적을 따라갔다. 곧장 판자 울타리를 따라 병원의 변두리 변소까지 갔다. 마루가 없는 시멘트로 된 토방이었다. 하지만 그 토방을 들여다본 세 사람은 순간 앗! 하고 말할 수 없는 공포의 외침을 내뱉으며 못 박혀버렸다.

토방이 온통 피바다였고 그 핏덩이 한가운데 나동그라지듯 쓰러진 사람은 어젯밤 잠옷 차림 그대로 끔찍한 모습을 한 아카자와 원장이었다. 피바다 속에서 싸늘하게 빛나는 유리병 조각으로 그런 듯 얼굴 전체에 엄청나게 긁힌 상처가 니코고리처럼 피를 뿜어냈다. 특히 똑바로 쳐다볼 수 없었던 것은 앞이마에서 뒤쪽 머리뼈까지 뻥 뚫린 커다란 구멍에서 뇌가 빠져나와 머릿속이 텅 비어 있는 모습이었다. 빠져나간 뇌는 어디로 갔는지 주위에는 그림자도, 형체도 없었다.

◇

급히 연락받은 M시 경찰서에서 사법주임을 선두로
한 경찰관이 아카자와 뇌병원으로 몰려든 것은 그로부
터 20여 분 뒤였다.

사법주임 요시오카 경관은 완전히 상기된 도리야마
우키치에게 이런저런 사정을 듣고 부랴부랴 부하 경찰
관들을 사방팔방으로 보냈고, 탈출한 세 명의 미치광이
를 수색 체포하라고 명령했다.

잠시 후 검시관 일행이 오자 즉각 날렵한 현장 검증과
예심 판사의 심문이 시작됐다. 도리야마, 아카자와 부인,
직원, 셋은 정신도 몸도 온전치 못한 것처럼 보였고 처음
에는 횡설수설한 진술로 담당관을 괴롭혔지만, 그래도
점점 침착하게 아카자와 뇌병원의 현재 상황부터 그 흉
측한 분위기, 원장의 거친 언행, 그리고 세 명의 미치광
이의 특징에 대해 돌아가면서 묻는 대로 답했다.

한편 법의관의 의견은 원장의 죽음은 오전 4시경으로
추정되며, 그 시각에는 모두 자고 있었고, 소음 같은 것
은 없었던 것. 원장은 항상 일찍 일어나 잠옷 차림으로
체조나 산책하는 습관이 있다는 것 등도 파악했다.

대략적인 조사가 끝나자 검사가 사법주임에게 말했다.

"어쨌든 범행 동기는 명료합니다. 문제는 세 명의 미치광이가 공범인지, 아니면 세 사람 중 누군가가 혼자 하고, 나머지는 문이 열려 있는 것을 보고 각각 뿔뿔이 흩어졌는지 하는 겁니다. 그런데 범인을 체포하려면 몇 명의 경찰관이 필요할까요?"

"일단 다섯 명을 보냈습니다."

"다섯 명요?"

검사는 얼굴을 찌푸리며 말했다.

"그래서, 무슨 정보는 있습니까?"

"아직입니다."

"그렇죠. 다섯 명으로는 너무 부족할 것 같습니다. 도망친 미치광이는 세 명입니다. 심지어 숨어버렸을지도 모르는데……."

검사는 문득 무언가를 깨닫고 두려움에 금세 얼굴이 굳어져 뒤따라갔다.

"그렇습니다. 이 경우 잡을 수 있고 없고의 문제가 아닙니다. 이 녀석들은 큰일 낼 사람들이라고요. 알겠습니까? 범인은 미치광이 셋, 그것도 단순히 미친 것이 아니라 갑자기 흉악해져서 무슨 짓을 저지를지 모르는 놈들입니다."

'정말이지'라며 예심 판사가 창백한 얼굴로 대화에 끼어들었다.

"그런 놈들이 만일 부녀자가 많은 시내로 도망친다면…… 어쩌죠?"

"무서운 일입니다."

검사는 떨면서 사법주임에게 말했다.

"아니, 조금도 머뭇거릴 수 없습니다. 즉시 경찰을 증원해주십시오. 그렇습니다, 시 전체의 파출소에 알려서……."

요시오카 사법주임은 눈빛을 바꿔 허둥지둥 안채로 달려갔다.

현장에서 경찰로, 경찰에서 시내 각 파출소로…… 갑자기 강한 긴장이 전화선을 스쳐 지나가면서 아카자와 뇌병원 임시 수사본부는 긴장감이 서렸다.

곧 증원돼 온 경찰들은 두 부류로 나뉘어 일부는 시내로, 일부는 뇌병원 민둥산을 중심으로 외곽 일대로 나갔다.

하지만 정작 마음에 드는 소식은 좀처럼 들리지 않았다. 사법주임은 초조한 듯 이를 갈았다. 아직 더 이상의 흉악한 사건이 발생하지 않은 것이 그나마 다행이었다.

하지만 우물쭈물하고 있을 수는 없다. 조금이라도 빨리 체포해서 참사를 미연에 방지해야 한다. 미치광이들이 사람을 두려워해서 어딘가에 피해 있다면 상당히 곤란한 문제였다.

이런 생각이 들자 사법주임은 드디어 초조해지기 시작했다.

이런 경우 미치광이들은 어딘가에 숨을까? 그렇다면 도대체 어디에 숨을까? 그렇다. 이 문제는 어지간한 전문가가 아니고서야 모른다.

◇

정오가 되어도 희소식이 없자 사법주임은 결심하고 일어섰다. 그리고 본부를 시내 경찰서로 옮기고 서장에게 맡긴 후 아카자와 병원 반대편 교외에 있는 시립 정신병원으로 갔다.

사정하자 원장 마츠나가 박사는 곧바로 만나주었다.

"엄청난 짓을 저질렀군요."

이미 어디선가 들은 듯 불그스레한 얼굴을 한, 사람을

좋아할 것처럼 보이는 마츠나가 박사가 이렇게 말하며 사법주임에게 의자를 권했다.

"실은 그 일 때문에 서둘러 부탁드렸습니다."

"아직도 셋 다 안 잡힌 겁니까?"

"잡히지 않았습니다."

사법주임은 몹시 괴로워하며 조속히 말을 꺼냈다.

"선생님, 도대체 미치광이들은 어디에 숨을까요? 아니면……."

"글쎄요. 잡히지 않는 걸 보니 숨어 있을 확률이 높겠군요."

"그럼 어떻게 숨어 있을까요? 워낙 위험한 사람들이라 서둘러야 하는데……."

그러자 박사는 쓴웃음을 지으면서 말했다.

"어려운 문제입니다. 환자 한 사람 한 사람에 대해 자세히 살펴보지 않으면 모릅니다. 일반적으로 그 친구들은 생각도 깊이 하지 않고 감정도 많지 않습니다만, 그것도 개인차가 있습니다. 한 사람 한 사람에게는 제각기 자신만의 색채가 있지요. 그래서 솔직히 제 의견을 말하자면, 이 경우 문제는 어디에 누가 어떤 식으로 숨었는가 하는 쪽보다 원장을 살해한 것이 세 사람인가, 아니면 한 사람의 범행인가 하는 점이라고 봅니다. 한 사람의 범행이라면 그 범인은 좀 정신이 이상해져 있겠지만, 적어도 나머지 두 사람은 이제 분명 흥분이 가라앉고 배가 고프면 은신처에서 슬금슬금 나올 것입니다. 아니, 흥분만 가신다면야 위험하지 않습니다. 하지만 셋이 공범이라고 한다면……."

박사는 그런 말을 하고 의자에 다시 앉더니 갑자기 열띤 어조로 계속했다.

"공범이라고 한다면, 좀 곤란합니다."

"그렇다고 한다면요?"

엉겁결에 사법주임이 나섰다.

"결국 한 사람이 저지른 범행일 경우, 그 범인이 무사히 나오기 힘든 것과 같은 이유로 세 사람의 안부가 염려됩니다."

"잘 모르겠습니다만, 어떤 이유로?"

사법주임은 어렵다는 표정을 하며 얼굴을 붉혔다.

"아무것도 아닙니다."

박사는 피식 웃었다.

"이건 제가 약국에서 들었는데, 아카자와 원장은 요즘 심하게 초췌해져서 환자를 꾸짖을 때 '뇌를 꺼내버려라'

처럼 무모한 말을 자주 했다고 하더군요."

"그렇습니까? 그게 동기일까요?"

"잠시만요. 제가 들은 바로는 분명 뇌를 갈아치워라지, 뇌를 꺼내라가 아니었던 것 같습니다. 갈아치워라, 갈아치우라는 것과 꺼내라는 것은 아주 다르지요."

"아……."

사법주임은 알 듯 모를 듯 건성으로 대답했다. 박사는 이어서 말했다.

"그래요. 바보도 나름대로 이해력이 있습니다. '뇌를 갈아치우자'라고 말하고 영리한 사람의 뇌를 뽑아낸 남자가 도대체 무엇을 하려고 한다고 생각합니까?"

"……."

사법주임은 은연중에 깜짝 놀라 일어섰다. 그리고 떨리는 손으로 모자를 잡으며 무심코 마츠나가 박사에게 뾰로통하게 고개를 숙였다.

"감사합니다. 잘 알겠습니다."

그러자 박사는 쾌활하게 웃으며 말했다.

"그럼 가능한 빨리 그 불쌍한 미치광이가 자신의 머리를 때려 으깨서 죽지 않도록 먼저 잡아주세요."

박사는 일어서면서 덧붙였다.

"이 사건에서 많은 가르침을 받았습니다. 누구나 조심해야 하겠군요."

◇

정신병원을 다녀온 요시오카 사법주임은 그래도 왠지 마음이 편했다.

마츠나가 박사의 가르침에 따르면 탈주한 미치광이가 일반인을 상대로 폭력을 행사할 위험은 어느 정도 완화된 셈이다. 세 명의 미치광이나 그중 한 명은 남에게 상처 주기보다 먼저 제거한 '선생님'의 뇌를 자기 것으로 바꾸는 데 열중할 것이다. 그런데 이 무슨 정신 나간 무서운 일인가.

요시오카 사법주임은 하나의 불안이 가신 대신 또 하나의 공포에 식은땀을 흘리며, 본부에 들어가자 기를 쓰고 수사 지휘를 계속했다.

하지만 역시 전문가의 감정은 훌륭하게 들어맞았고 이윽고 사법주임의 노력은 점점 결과로 나타났다.

우선 그날 저녁이 되자 탈주범 중 한 명인 가희가 마침내 화장터 근처에서 붙잡혔다. 마츠나가 박사의 추측

대로 흥분이 가라앉은 '가희'는 서쪽 하늘이 자줏빛으로
타오르기 시작하자 화장터 뒤편의 잡목림 은신처에서
평소 불러대던 애처로운 소프라노를 노래하기 시작했
다. 그 노래를 들은 눈치 빠르고 주의 깊은 사복 경찰 한
사람이 가까이 다가가서 짝짝 손뼉을 쳤다. 그러자 가희
는 순간 잠잠해져서 잠시 의심하는 듯한 침묵이 흐르고
이내 안심한 듯하더니 다시 괴로운 듯 노래를 부르기 시
작했다. 경찰은 또 한 번 손뼉을 쳤다. 이번에는 바로 앙
코르다. 다시 박수. 그리고 앙코르. 마침내 웃음소리마저
새어 나가면서 둘의 거리는 점점 좁혀졌고 의외로 쉽게
잡혔다.

　여자 옷을 입은 '가희'가 자동차에 타고 무대가 아닌
경찰서로 연행되어 오자, 사법주임은 용기를 내 심문에
들어갔다. 그러나 곧 상대가 도저히 자신이 이해할 수 있
는 사람이 아니라는 것을 깨달은 사법주임은 마츠나가
박사에게 전화를 걸었다.

　박사는 퇴근해서 문병 겸 아카자와 뇌병원으로 가고
있었는데, 사법주임의 전화를 받자 곧 와주었다. 그리고
사정을 듣고 가장 먼저 가희를 잡은 경찰의 기지를 칭찬
했다.

"정말 훌륭했습니다. 어쨌든 이런 사람을 다루려면 결코 자극해서는 안 됩니다. 부드럽게, 풀솜으로 목을 조르듯이, 상대와 같은 레벨로 유치한 감정이나 사색의 움직임에 능숙하게 맞춰야 하지요."

박사는 '가희'를 상대로 잠시 묘한 문답을 하다가 은연중에 날카로운 눈으로 상대를 검사하는 듯하더니 곧 돌아서서 사법주임에게 말했다.

"이 남자는 범인이 아닙니다. 어디에도 피가 묻어 있지 않아요. 그 정도의 참극을 저지르고 이렇게 깨끗할 리 없습니다. 역시 공범이 아니라 나머지 두 사람 중 누군가가 저질렀을 겁니다. 아무튼 이 남자는 이제 살던 곳으로 돌아가도 됩니다."

박사의 지시대로 가희는 무사히 아카자와 뇌병원으로 돌아갔다.

사법주임은 남아 있는 탁탁과 부상자 수사에 전력을 쏟기 시작했다.

그로부터 1시간도 지나지 않아 마츠나가 박사의 무서운 예언이 결국 사실이 됐다.

M시 변두리 근처에 있는 이즈마라고 하는 토공들의 단골 술집 주인이 밤에 목욕탕에 가려고 가게 포렴을 걷

었을 때, 어두운 도로 끝에서 비틀비틀 다가오는 남자를 보고 여주인은 빽 소리를 질렀다. 기모노 앞을 풀어 헤친 중년의 남성이었으며 얼굴 전체가 피투성이가 되어 두 눈을 이상하게 뜬 채 지장보살처럼 받친 한쪽 손바닥 위에 무언가 으깨진 두부 같은 것을 들고 비틀거리는 걸음 걸이로 선로 쪽으로 사라졌다고 했다.

'아즈마'의 주인에게 들은 경관의 보고를 받자 사법주임은 창백한 얼굴로 일어났다. 그리고 마츠나가 박사에게 동행을 청하고 우선 변두리 술집까지 차를 몰았다.

주인한테 다시 한 번 앞선 내용을 확인하고 미치광이가 사라진 것으로 보이는 선로 쪽 일대를 수색하기 시작했다.

◇

마침 그 무렵 마츠나가 박사가 말하는 '흥분이 가라앉고 배고픈 시기'가 왔는지 시내를 관통하는 M강 부근에서 또 한 명의 미치광이가 잡혔다.

머리에 붕대를 칭칭 감은 부상자로 마치 가희가 나타났을 때처럼 흔들흔들 다리 위에 나타나 몹시 난처한 모습으로 어두운 수면을 들여다보고 있었다. 그것을 행인이 신고해 경찰이 매미 잡듯 잡은 것이다. 부상자는 가희와 달리 약간 저항했지만 곧 얌전해져서 본서로 끌려갔다.

선로 건널목 근처에서 이 보고를 받은 사법주임은 달려온 경찰을 향해 즉시 입을 열었다. "그런데 그 미치광이는 붕대나 어딘가에 피가 묻어 있지 않았습니까?"

"네, 조금도 묻어 있지 않았습니다. 다만 어디엔가 뒹굴었던 것 같습니다. 머리 붕대에 짚 부스러기 같은 것을 많이 달고 있더군요."

그러자 사법주임은 옆에 있는 마츠나가 박사와 잠깐 얼굴을 마주 보고 웃으며 말했다.

"좋아. 그럼 그 사람을 아카자와 뇌병원까지 데려다 줘. 부드럽게 다뤄야 해."

"하."

경찰관이 떠나자 사법주임은 박사와 나란히 다시 선로를 따라 어둠 속을 걷기 시작했다.

"드디어 알게 됐군요."

박사가 말했다.

"완전……." 사법주임이 크게 고개를 끄덕였다.

"그건 그렇고 도대체 어디로 기어들어 간 걸까요?"

여기저기 어둠 속에서 때때로 경관들의 회중전등이 개똥벌레처럼 켜졌다 꺼졌다 했다.

그런데 10분도 채 지나지 않았을 때 갑자기 전방의 선로 위쪽 어둠 속에서 회중전등이 크게 호를 그리더니 "으아아!" 하는 고함이 들려왔다.

"무슨 일이야!"

사법주임이 엉겁결에 소리를 질렀다.

그러자 이어서 맞은편 목소리가 말했다.

"주임이세요? 여기 있습니다! 죽었습니다!"

두 사람은 쏜살같이 달리기 시작했다.

곧 경관이 서 있는 곳까지 달려가자 주임은 그곳에서 마침내 무서운 상황에 맞닥뜨리고 말았다.

선로 옆에 쓰러진 '탁탁'은 마치 레일을 베개 삼아 그 위로 머리를 얹고 있었던 것처럼 이미 머리는 무참하게 산산조각 나 근처 자갈 위로 흩날려 있었다.

이윽고 '탁탁'의 시체를 일단 선로 옆으로 치우자 주

임과 박사는 곧 간단한 검시에 들어갔다. 하지만 곧 주임은 참을 수 없다는 듯 일어서더니 홀로 중얼거렸다.

"정말이지 무서운 결말이군요."

그러자 아직도 시체 앞에 쪼그리고 앉아 그 부드러운 양발을 만지작거리고 앉아 있던 박사가 불시에 얼굴을 들었다.

"결말?"

박사는 날카롭게 힐난하면서도 몹시 초연히 말하며 일어섰다.

어찌 된 일인지 지금까지와는 달리 얼굴빛이 몹시 창백했고, 격렬한 의혹과 고민의 빛이 얼굴 한쪽에 넘치고 있었다.

"잠시만요."

이윽고 박사가 신음하듯 말했다. 그리고 몹시 괴로워하며 얼굴을 숙이고 망설이는 듯 잠시 힐끔힐끔 '탁탁'의 시체를 바라보다가 이윽고 결심한 듯이 얼굴을 들었다.

"그렇네요. 잠시 기다리세요. 지금 결말이라고 하셨습니까? 아니, 아무래도 저는 엉뚱한 착각을 한 것 같습니다. 주임님, 결말은 아닌 것 같습니다."

"네, 뭐라고요?"

마침내 사법주임은 참다못해 다그쳤다. 박사는 그의 서슬에 아랑곳하지 않고 다시 슬쩍 '탁탁'의 시체를 바라보며 묘한 말을 했다.

"그런데 아카자와 원장의 시체는 아직 그 뇌병원에 남아 있나요?"

◇

그로부터 20분쯤 후 마츠나가 박사는 거의 강제로 사법주임을 이끌고 아카자와 뇌병원으로 갔다.

밤의 민둥산에서는 잡목의 나뭇가지가 바람에 살랑거리고 어디선가 올빼미의 울음이 계속 들렸다.

박사는 안채에서 도리야마 우키치를 붙잡아 원장의 시체를 보고 싶다고 했다.

"네, 아직 허락이 없어서 아직 장례도 시작하지 않았습니다."

그러면서 도리야마는 촛불을 켜고 병원 쪽으로 두 사람을 안내했다.

2호실 앞을 지나자 방으로 돌아온 가희의 소프라노가 오늘 밤은 중얼거리는 듯한 저음으로 들렸다. 3호실 앞에 이르자 불이 켜진 유리 미닫이문에 커다란 그림자를 드리우며 휑하니 미닫이문을 연 부상자가 의아한 눈빛으로 사람들을 배웅했다. 4호실부터는 전등이 꺼져 있어서 복도가 캄캄했다.

도리야마는 촛불을 비추며 앞장서서 5호실로 들어갔다.

"아직 관을 못 찾아서 이런 모습입니다."

도리야마는 말하면서 촛불을 내밀었다.

원장의 시체는 방 한구석에 기름종이를 깔고 그 위에 눕힌 뒤 흰 천을 씌워놓았다. 박사는 말없이 곧바로 그쪽으로 다가서더니 몸을 웅크리고 흰 천을 걷어치웠다. 그리고 시체의 오른발을 번쩍 들어 올리더니 도리야마에게 말했다.

"불 좀 비춰주세요."

떨리는 손으로 도리야마가 촛불을 내밀자 박사는 양 엄지손가락으로 시체의 발바닥을 꾹꾹 주무르기 시작했다. 그런데 그 발바닥은 웬일인지 몹시 딱딱해서 움푹 파이지 않았다. 아무래도 커다란 굳은살 같았다. 박사는 이번에는 좀 더 발을 들어 올려 엄지발가락 끝을 비틀어 당겼다. 등불이 비친 그 엄지발가락은 놀랍게도 크게 부

풀어 올라 있었고 경석처럼 딱딱했다.

순간 도리야마가 촛불을 껐다.

갑자기 주위가 캄캄해졌다. 그리고 캄캄한 어둠 속에서 운다고도, 부르짖는다고도 할 수 없는 세상 무서운 도리야마의 목소리가 들렸다.

"으아악! 아, 아니 '탁탁'이의 발입니다!"

하지만 그 소리가 그치지도 않았는데, 마치 박사의 목소리와 같은 또 다른 한 명의 날카로운 외침이 거친 발음과 함께 어둠 속을 구르듯 문 쪽으로 다가왔다.

"주임님! 빨리 오세요!"

이어 복도에서 심한 발소리가 뒤엉키는가 하더니 뭔가가 미닫이에 부딪혀 탁 하고 유리가 부서지는 소리가 들렸다.

혼비백산한 사법주임이 정신없이 복도로 뛰어나오자 두 개의 싸우는 사람의 그림자가 3호실 앞에서 서로 양팔을 꼬고 있는 모습이 보였다. 당황하며 달려가다가 곧 머리에 흰 붕대를 감은 사람을 목표로 거구의 몸을 부딪쳤다.

부상자는 바로 잡혔다. 수갑을 채우자 부루퉁해져서 그 자리에 털썩 주저앉아 마치 꿈이라도 꾼 것처럼 묘하게 우울한 얼굴로 눈을 껌벅이기 시작했다.

마츠나가 박사는 허리를 주무르며 일어서더니 한 손으로 바지의 먼지를 털어내고 말했다.

"저는 처음으로 씨름해봤어요."

사법주임이 끝내 참지 못하고 말했다.

"도대체, 이건 어떻게 된 일입니까?"

그러자 박사는 '부상자' 쪽을 바라보았다.

"흠, 정신이 하나도 없네요. 정말 얼빠진 건지, 일부러 얼빠진 척하는 건지. 지금부터 실험해봅시다."

그러면서 부상자 앞으로 몸을 숙여 눈만 드러낸 부상자의 얼굴을 지그시 노려보았다. 부상자가 다시 몸부림치기 시작했다.

"주임님, 꼭 붙잡고 계세요."

이윽고 박사가 부상자의 머리에 양손을 내밀자 상대는 갑자기 미친 듯이 날뛰기 시작했다. 주임은 무턱대고 억눌렀다. 마침내 두 사람은 힘이 빠지고 말았다. 박사가 일어서서 사정없이 붕대를 풀기 시작했다. 희고 긴 그 천이, 날뛰면서도 점점 풀어졌다. 턱……, 코……, 뺨……, 눈! 지금까지 박사 뒤에서 꼼짝 못 하고 있던 도리야마가 혼비백산하듯 외쳤다.

"아니……. 이건 선생님!"

앞에는 아카자와 의사가 창백한 얼굴로 우두커니 서 있었다.

◇

경찰이 보낸 자동차 안에서 마츠나가 박사는 말했다.

"이런 교활한 범죄는 들어본 적도 없어요. 언제나 뇌를 갈아 끼우라는 꾸지람을 들은 미치광이가 실제로 그 가르침을 실행해버렸다고 생각했는데, 실은 거꾸로 미치광이를 죽이고 자신이 죽은 것처럼 꾸미다니……. 뇌를 거칠게 제거해버리면 누구의 얼굴인지 알 수 없으니까요. 옷을 바꿔놓기만 하면, 그걸로 된 거지요. 그런데 아카자와 원장이 '탁탁'과 '부상자'의 시체를 바꿔놓는 큰 실수를 했군요. 음? 술집 주인이 본 남자는 탁탁이 아니라 원장이죠. 누군가에게 그런 장면을 보여주고, 선로에 오면 미리 죽인 부상자의 머리를, 마치 머리를 갈아치우기 위해서 '탁탁'이 스스로 한 것처럼 꾸며 기차에 치이게 한 것이겠지요. 역시 그 방면의 사람답게 미치광이의 심리를 교묘하게 파악하고 있습니다. 하지만 부상자를 죽여놓고 스스로 사건의 결말을 빨리 짓기 위해 부상자로 둔갑해 일부러 한 번 붙잡혔기 때문에 들킨 것입니다. 그러면 우리는 선로에서 죽은 남자를 탁탁이라고 생각하게 되니까요. 생각만 하면 되는데, 그 탁탁의 발바닥에……. 다다미가 움푹 파일 정도로 늘 문질렀던 그 발바닥에 굳은살이 없어서 들킨 것입니다. 그렇습니다. 병원에서 부상자를 죽이고 선로 근처에서 탁탁을 죽이면 완전한 성공입니다. 그리고 2, 3일 안에 어디선가 보호자가 왔다고 하면 가짜 부상자는 아카자와 뇌병원에서 영원히 사라지게 되지요. 그리고 아카자와 미망인은 병원을 정리하고 물건을 돈으로 바꿔……. 그렇습니다, 분명그 원장은 막대한 생명보험도 들어두었습니다. 그리고 돈을 쥔 과부는 혼자서 어딘가 사람이 없는 시골 구석으로 이사를 합니다. 그리고 거기서 죽은 남편과 합류합니다. 그렇게 할 생각이 아니었을까요? 어쨌든 그 원장도 딱할 정도로 초조한 상황이었던 모양이지만, 아무래도 그런 순진한 사람들을 미끼로 저지른 이런 참혹한 일에는 동정할 수 없군요."

　박사는 이렇게 말하고 사법주임의 얼굴을 보다가 문득 무언가 생각나서, 괴로운 표정을 지으면서도 약간 위엄 있는 표정을 지었다.

"하지만 어쨌든 이 사건에는 가르침이 많군요. 누구나 조심해야 합니다."

(『신청년』1936년 7월호)

긴자 유령

銀座幽霊

1

폭이 석 자도 안 되는 골목길 양쪽으로 형형색색 불
빛의 가게들이 옹기종기 한 무리를 이루어 긴자의 뒤편
을 밝히고 있다. 푸른색 네온사인으로 '카페 세이란'이라
고 적힌, 뒷골목에 있기에는 제법 큰 그 가게 앞에는 '쓰
네가와'라고 불리는 작은 담배 가게가 있었다. 칸막이 두
칸도 안 되는 2층 건물의 아기자기하고 귀엽게 꾸며진
밝은 분위기의 가게로, 마치 주변 가게에서 흘러나오는
재즈 소리를 긁어모으듯이 자연스레 골목골목의 손님들
을 끌어 모아서 순조롭게 번창했다.

담배 가게 주인은 마흔을 훌쩍 넘긴 듯한 여자였고,
여자 글씨로 '쓰네가와 후사에'라고 적힌 문패가 걸려 있
었다. 골목길에 퍼진 소문에 의하면, 확실하지는 않지

만 퇴직한 공무원의 미망인으로 벌써 고등학교를 졸업한 딸이 하나 있다고 한다. 뽀얀 피부에 살집이 있으며 제 나이에 걸맞은 수수한 차림새이지만 왠지 모르게 아직 꺼지지 않은 젊음이 넘쳤다. 그리고 언젠가부터 멀끔하게 생긴 서른 살가량의 젊은 남자가 끼어들더니, 스스럼없이 이웃들과 어울려 지냈다. 하지만 정신 나간 듯한 그 고요함은 오래가지 않았다. 담배 가게가 번창하자 이내 식모 겸 직원으로 젊은 여성을 고용했는데, 얼마 지나지 않아 지금껏 잔잔했던 둘의 조화가 순식간에 흐트러졌다. 그 여종업원은 '스미코'라는 이름의 갓 스물을 넘긴 아가씨로, 연분홍색의 사랑스런 피부에 몸매는 고무공처럼 탄력 있었다.

담배 가게 주인의 부부싸움을 가장 먼저 목격한 이들은 카페 세이란의 여종업원들이었다. 카페 세이란의 2층 칸막이 자리에서 맞은편 담배 가게 2층이 보였는데, 워낙 거리 폭이 석 자도 안 되어 누가 듣고 있으리라고는 생각 못 한 여주인의 고성이 종종 들려왔던 것이다. 때로는 창문 유리로 망측한 실루엣이 비치기도 했다. 그럴 때면 카페 세이란의 여종업원들은 각자의 손님을 상대하면서도 칸막이 너머로 눈을 마주치며 공연히 한숨을 내쉬었다. 담배 가게의 불온한 분위기는 의외로 빠르게 팍 팍 퍼져서 급기야 아주 불가해하기 짝이 없는 해괴한 사 건으로 번져, 정말이지 기분 나쁜 종착지에 다다르고 말 았다. 그 참극을 목격한 사람은 마침 그때 카페 세이란의 2층 자리를 담당하던 여종업원들이었다.

날씨조차 뭔가 잘못된 일이 일어날 것 같은 이상한 기 분이 드는 저녁때였다. 초저녁부터 불기 시작한 으스스 한 서풍이 밤 10시경 혹 멈추자 갑자기 정체된 공기로 인해 가을밤답지 않게 묘한 무더위가 찾아왔다. 그때까 지 2층 구석 자리에서 손님을 상대하던 여종업원 한 명 이 일어나더니 손수건으로 목 언저리에 부채질하며 창 가로 다가갔다. 그녀는 유리 여닫이창을 밀어 열다가 무 심코 앞집을 쳐다보았는데, 갑자기 못 볼 꼴이라도 본 것 처럼 고개를 돌리더니 그대로 자기 자리로 돌아가 말없 이 동료들에게 눈짓했다.

반쯤 열린 유리창 너머로 보이는 담배 가게 2층에서 는 거의 무늬가 없고 거무튀튀한 옷차림에 흰 피부의 여 주인 후사에가 남자가 아닌 여종업원 스미코를 앞에 앉 혀놓고 뭔가를 끈덕지게 질책하고 있었다. 스미코는 고 분고분 고개를 끄덕이는 태도가 아니라, 입을 꾹 닫고 불퉁한 표정으로 여주인을 외면하고 있었다. 검은색 바탕에 보랏빛 '우물 정(井)' 자 무늬가 화려한 기모노 차림의 스미코는 오늘 밤 유난히 아름답게 보였다. 그때 후사에가 카페 세이란의 기척을 눈치챘는지 적의에 찬 얼굴로 이쪽을 휙 돌아보더니 허둥지둥 일어서서 창문을 탁 닫아버렸다. 재즈가 흐르고 있어서 실내가 꽤 시끄러웠는데도, 마치 이쪽 건물의 창문을 닫은 것처럼 그 소리가 높고 둔탁했다.

여종업원들은 안심한 얼굴로 마주 보았다. 그리고 서로서로 눈빛으로 속삭였다.

'오늘 밤은 평소와 다른데?'

'드디어 정식으로 스미코와 붙을 건가 봐.'

정말 평소와 달랐다. 무턱대고 소리치지 않고 조용히 차근차근 혼내는 것 같았다. 이따금 고성이 났지만 금세 주변 소음 속으로 사라져버렸다. 11시가 지나자 어머니가 시키는 대로 여학교에 다니는 딸 기미코가 가게 문을 닫는지, 딸랑딸랑 하고 문단속하는 소리가 들렸다. 담배가게는 항상 11시 정각에 문을 닫는다. 다만 매대 앞 유리창에 작은 구멍이 난 것처럼 창문이 열려 있어서, 그쪽을 통해 늦은 밤에 들르는 손님에게 담배를 팔 수 있었다. 후사에의 젊은 애인 이름은 '다쓰지로'였는데, 어떻게 된 일인지 오늘 밤에 그는 담배 가게에 얼굴도 비치지 않았다.

'확실히 오늘 밤은 심각해 보였지?'

'다쓰지로와 스미코 사이에 드디어 증거를 잡았나?'

여종업원들은 또다시 눈빛으로 속삭였다. 이윽고 주변이 점점 조용해지고 4번가 교차로를 건너는 전차 소리가 들려올 무렵에는 이미 카페 손님들을 신경 쓰느라 담배 가게를 잊었다. 초저녁부터 술을 마셔 만취 상태가 된 3인조 손님을 쫓아내느라 바빴다. 참극이 빚어진 것은 바로 이때였다.

처음에는 울음인지 신음인지 분간이 가지 않는 뭔가 짓누르는 듯한 낮은 비명이 조금 전 조개가 입을 다물 듯 창문을 닫아버린, 불 켜진 담배 가게 2층에서 들려왔다. 세이란의 여종업원들은 뜻밖의 소리에 고개를 들고 서로 마주 보았다. 그리고 곧 똑같은 방향에서 쿵 하고 사람이 쓰러지는 듯한 소리가 들렸다. 화들짝 놀란 여자들은 굳은 얼굴로 일어나 창문 밖으로 몸을 내밀어 맞은 편 집을 내다보았다.

그때 담배 가게 2층 창문에 비틀거리는 듯한 사람 그

림자가 흔들리나 싶더니 딸랑 하고 전등과 부딪친 순간 방이 깜깜해졌다. 이내 그대로 비틀거리는 기척이 유리창에 기우나 싶더니, 격렬한 소리와 함께 쨍그랑 하고 유리창 한가운데가 깨지며 큰 구멍이 났고, 그곳으로 주인의 뒷그림자가 나타났다.

거의 무늬가 없고 거무튀튀한 옷차림에 목덜미가 하얀 그 여자는 깨진 창문으로 삐져나온 오른손에 피투성이 면도날로 보이는 날카로운 칼을 든 채 유리창에 등을 기대고는 거칠게 어깨를 들썩였다. 그대로 잠시 멍하니 시커먼 방 안을 바라보더니, 세이란 쪽 창가의 인기척을 깨달았는지 힐끔 돌아보고는 비틀비틀 어둠 속으로 사라져버렸다. 새파랗게 질리고, 일그러지고, 매섭게 쏘아보는 얼굴이었다.

세이란의 창가에서 꺅 하고 여종업원들의 비명이 터졌다. 금방이라도 울음을 터뜨릴 것처럼 불안에 떠는 소리도 섞였다. 하지만 여종업원들의 뒤에서 똑같은 참극을 목격한 3인조 손님들은, 그래도 남자라고 곧장 자리를 박차고 일어나더니 쿵쿵 계단을 뛰어 내려가서는 아래층에 있던 사람들에게 "큰일 났어!", "살인이다!" 하고 외치며 가게 밖으로 달려 나갔다. 그중 한 명은 파출소로 달려갔다. 다른 두 사람은 완전히 술이 깬 얼굴로 근처를 왔다 갔다 했다. 그때 담배 가게 안에서 부스럭거리는 소리가 나더니 쾅 하고 강하게 문이 열리며 분홍색 잠옷 차림의 기미코가 뛰어나왔다. 세이란에서 이미 상황을 목격하고 뛰쳐나와 근방에서 왔다 갔다 하던 사람들을 향해 "스미코 씨가 누군가에게 살해당했어!"라고 울부짖었다. 잠시 후 경관들이 도착했다.

살해당한 사람은 역시 스미코였다. 불 꺼진 어두컴컴한 방 안에, 아까 세이란의 여종업원들이 목격한 모습 그대로, 검은색 바탕에 보랏빛 '우물 정(井)' 자 무늬가 화려한 기모노를 헝클어뜨린 채 벌렁 드러누워 있었다. 제일 먼저 손전등을 들고 뛰어든 경관이 쓰러진 스미코의 목구멍에서 낮게 울리는 획획 소리를 듣고 서둘러 다가가 안아 일으켰다. 하지만 그녀는 헐떡이면서 모기 소리만 하게 "후, 후사에⋯⋯." 하고 신음하더니 그대로 숨이 끊어졌다.

목 부근에 날카로운 것으로 베인 듯한 자상이 도려내듯 두 줄기 그어져 있었다. 방은 온통 피바다였다. 피 웅덩이 끝 쪽, 창문 근처에 피가 잔뜩 묻은 일자 면도칼이 내동댕이쳐져 있었다.

문제의 후사에는 사람들이 뛰어 들어갔을 때 이미 집 안에 없었다. 후사에뿐 아니라 다쓰지로도 없었다. 딸 기미코만 2층에도 못 올라가고 새파랗게 질린 얼굴로 가게 앞에서 부들부들 떨고 있었다.

세이란의 여종업원들은 자신들이 아까부터 목격한 모든 일을 간단히 간추려 경관에게 진술했다. 다만 그 어조는 몹시 침착하지 못했다. 예의 3인조 손님들에게도 진술을 받았다. 목격자들의 진술과 피해자가 남긴 단말마로 경관들은 사건의 윤곽을 빠르게 파악했고 즉시 후사에를 용의자로 특정해 수사에 착수했다.

담배 가게 2층에는 살인 사건이 벌어진 방 말고도, 뒤쪽으로 나란히 방 두 개가 더 있는데, 두 곳 모두에서도 후사에의 모습은 찾을 수 없었다. 아래층에도 가게 외에 방 두 개가 있었는데, 역시 그곳에도 후사에는 없었다. 앞문은 11시부터 이미 잠겨 있었다. 경관들이 앞뒤로 흩어져 있어서 빠져나올 틈은 없었다. 경관들은 부엌으로 향했다. 그곳에 있는 뒷문은 나란히 늘어선 세 채의 집 뒤로 난 폭 석 자 정도의 통로와 연결되어 있는데, 그 길을 통해 큰길로 빠져나갈 수 있었다. 통로를 따라 골목길을 빠져나오자 그곳에는 사람들이 좋아할 만한 꼬치

구이 노점상들이 초저녁부터 자리하고 있었다. 꼬치구이 주인장들은 완고하게 고개를 저으며, 두세 시간 전부터 뒷골목으로 드나든 사람은 없다고 딱 잘라 말했다. 경관들은 발길을 돌렸고, 그다음에는 더욱더 엄중하게 가택수사를 시작했다. 화장실이고 벽장이고 닥치는 대로 모조리 뒤졌다. 마침내 2층, 살인 사건이 일어난 그 방의 벽장에서 후사에를 발견했다.

제일 먼저 벽장을 연 경관은 문을 열기 무섭게 소리쳤다.

"이런! 망했어!"

후사에는 벽장 속에 이미 죽어 있었다. 세이란의 여종업원들이 본 대로, 거의 무늬가 없고 거무튀튀한 옷차림에 목에 수건이 말려 있었다. 그것으로 스스로 묶었는지, 누군가에게 조임을 당했는지, 맥없이 죽어 있었다. 핏기 없이 새파랗게 질린 얼굴은 벌써 약간 부어 있었는데, 후사에가 틀림없었다. 딸 기미코는 경관에게 안겨 붙들리면서도 어머니의 변해버린 모습에 엉엉 울음을 터뜨렸다.

지금까지 경관의 뒤에서 조용히 시신을 들여다보고 있던 3인조 중 한 명이 새된 목소리로 말했다.

"앗! 이 사람이에요. 아까 그 화려한 기모노를 입은 여자를 면도날로 죽인 사람이 이 여자예요."

그러자 상관으로 보이는 경관이 상체를 내밀고 고개를 끄덕이고는 이내 말했다.

"그 말인즉, 저 스미코라는 여자를 죽이고 나서 이 후사에라는 여자는 잠시 꼼짝 않고 멍하니 서 있었는데, 자네들이 카페 세이란의 창문으로 목격한 걸 알고 갑자기 정신을 차려서…… 그렇다고 아래층으로 내려가는 것은 위험하니까 일단 비틀비틀 벽장 속으로 숨었다…… 하지만 숨어 있는 동안 자책과 두려움에 쫓겨 견딜 수 없어 자살했다…… 일단 그렇게 정리할 수 있겠군."

경관은 분홍색 잠옷 차림으로 흐느끼고 있는 기미코에게 가서 수첩을 내밀며 몸을 굽혔다. 얼마 후 판검사와 함께 법의관이 현장에 출동해 본격적인 조사가 시작되었다. 마침내 후사에의 시신을 검시하자 해괴하기 짝이 없는 사실이 입증되었다.

후사에가 스미코를 죽였으므로 당연히 후사에가 스미코보다 먼저 죽을 수 없다. 그런데 아직 스미코의 시체에는 희미하게 생기가 남아 있고 체온도 완전히 식지 않았는데, 후사에는 사람이 죽으면 나타나는 현상인 냉각, 경직, 시반 등 여러 조건을 아주 과학적으로 냉정하게 관찰

한 결과, 죽은 지 최소 1시간 이상 경과했다고 의사가 확고히 단정했다.

"그것참 귀신이 곡할 노릇이네요." 조금 전의 경관이 당황해하며 말했다. "그렇다면……, 아니, 말이 안 되잖아. 그러니까 스미코가 살해당하고 20분이 지났는데, 후사에가 죽은 지는 1시간이 지났다고 하면……. 스미코가 살해당하기 40분 전에 피해자보다 먼저 가해자가 죽었다. 바꿔 말하면, 스미코가 단말마로 남긴 '후사에'라는 말도, 많은 목격자가 본 일자 면도칼을 휘두른 '후사에'도, 진짜가 아니었다. 이미 그때 후사에는 죽어 있었다. 말도 안 돼. 후사에의 유령이란 말입니까. 유령 살인이라고? 그것도 긴자 재즈 거리 한복판에서 유령이 나타났다니……. 이거야 원, 신문이 불타나게 팔리겠는데……."

2

사건이 갑자기 꼬이기 시작했다. 경관들은 큰 벽에 부딪친 듯한 기분으로 수사가 막혀버렸다. 더구나 문제는 둘로 나뉘었다. 죽은 사람이 둘이 되었다. 한 명은 유령에게 살해당하고, 한 명은 죽어서 유령이 되어 사람을 죽이러 흐늘흐늘 나간 것이다. 이 얼마나 해괴한 일인가.

그러나 이대로 주저앉을 수는 없다. 경관들은 이내 정신을 가다듬고 다시 조사에 착수했다. 우선 나중에 살해된 스미코는 뒷전으로 미루고, 후사에의 죽음을 조사했다.

'과연 후사에는 자살일까? 아니면 타살일까?'

이 의문점에 대해 법의관은 목매 죽는 것과 달리 수건으로 자기 목을 졸라 죽는 것은 도저히 불가능하다며 타살을 주장했다. 판검사와 경관도 대체로 법의관의 의견에 동의했다. 아래층 담배 가게에 진을 치고 정식 신문을 시작했다. 먼저 딸 기미코를 불렀다. 어머니를 잃은 소녀는 완전히 평정을 잃은 채 흐느껴 울면서 다음과 같이 진술했다.

그날 밤, 어머니 후사에는 기미코에게 가게를 지키라고 말하고 스미코를 데리고 2층으로 올라갔다. 그게 10시경이었다. 기미코는 그때 어머니가 몹시 언짢은 기색이란 걸 눈치챘지만, 자주 있는 일이라 별로 개의치 않고 잡지 따위를 보면서 가게를 봤다. 학교에 가느라 일찍 일어난 탓에, 11시쯤 되면 졸음이 몰려와 평소처럼 가게 문을 닫고 2층 자기 방에 올라가 잠자리에 들었다. 2층 계단을 올라갔을 때 앞쪽 방에서는 말소리가 들리지 않았는데, 기미코는 그걸 의아해하기보다는 묘하게 수치스러운 듯한 배려를 느꼈다고 말했다. 반쯤 잠들었을 무렵, 앞쪽 방에서 비명과 사람 쓰러지는 소리를 듣고 번쩍 잠이 깼고, 잠자리에 누워 뭘까 생각하다가 갑자기 불안감이 엄습해 벌떡 일어나 옆방에 가보았다. 불이 꺼져 있어서 불안감은 더 커졌고 크게 울리는 심장 박동을 느끼며 불을 켜고 방 안을 들여다보았다. 그리고 방 한가운데 스미코가 쓰러져 있는 것을 보고 그대로 소리 지르며 구르듯이 아래층으로 내려가 문을 박차고 나가 사람들에게 알렸다. 대충 이런 진술이었다.

"앞쪽 방을 들여다보았을 때 창가에 어머니가 서 있었나?"

경관의 질문에 기미코는 고개를 흔들며 대답했다.

"아니요. 그때는 어머니가 안 계셨어요."

"그래서 아래층으로 내려갔을 때 어머니가 그 방에 없는 걸 보고도 별 의심을 안 했나?"

"어머니는 가끔 늦은 밤부터 아저씨와 함께 술을 마시러 나가셨기 때문에, 오늘 밤도 그러신 줄 알고……."

"아저씨? 방금 말한 아저씨는 누구지?"

경관이 대뜸 물었다. 기미코는 조심스럽게 다쓰지로에 대해 진술했다. 그리고 쭈뼛쭈뼛 덧붙였다.

"오늘 밤 아저씨는 어머니보다 먼저……, 제가 가게를 보고 있을 때 나갔어요. 뒷문이 열려 있어서 도중에 한 번 돌아왔을지도 모르지만, 저는 잠들어 있어서 전혀 몰랐어요."

"도대체 어디로 술을 마시러 가는 거지?"

"모르겠어요."

담당관은 즉시 부하를 불러 다쓰지로를 수사하라고 명령했다. 기미코에 이어서 세이란의 여종업원들과 손님 3인조가 목격자로 신문을 받았다.

목격자들은 앞서 했던 진술을 다시 한 번 되풀이했다. 그 외에 새로운 증언은 어떤 것도 나오지 않았다. 다만 수확이라면, 기미코의 진술이 그들이 목격한 것과 일치하다는 것, 다쓰지로에 관해 여종업원들이 기미코가 아는 정도의 정보를 진술했다는 것뿐이다.

신문이 얼추 끝나자 후사에가 죽은 시각이 판명되었다. 세이란의 여종업원들이 목격한, 스미코와 마주 앉아 있던 후사에가 거칠게 유리창을 닫았던 그때부터 오후 11시경 사이에 살해당한 것이다. 그렇다면 기미코의 증언이 옳다고 했을 때, 그동안 다쓰지로는 집 안에 없었던 게 아닐까? 하지만 기미코가 가게를 보는 동안 뒷문으로 슬그머니 들어와 2층으로 몰래 올라가 후사에를 교살하고 다시 도망쳤다고 볼 수는 없을까? 어쨌든 이것으로 다쓰지로를 조사하지 않을 수 없었다.

그런데 잠시 후, 그 다쓰지로가 경관이 손쓰지도 않았는데 비틀비틀 혼자 돌아왔다. 뭐가 어떻게 된 건지 영문을 모르는 얼굴로 묻는 말에 쩔쩔매며 대답했다. 그 말에 따르면, 다쓰지로는 10시부터 지금까지 신바시에 있는 '다코하치'라는 어묵 가게에서 아무것도 모르고 계속 술을 마셨다고 한다. 이내 경관 중 한 명이 다코하치로 급히 갔다. 연행되어온 다코하치의 주인은 다쓰지로를 보자마자 말했다.

"예. 분명 이분은 10시경부터 방금 전까지 저희 가게에 있었습니다. 그건 안사람도, 다른 손님도 기억할 겁니다."

실망한 경관은 턱짓으로 다코하치의 주인을 내보냈다.

다쓰지로의 알리바이가 나왔다. 이렇게 되면 수사는 점점 조급한 기색을 띤다. 앞문 쪽은 기미코가 지켜보고 있었고, 뒷문 쪽으로 나갔나 했더니 꼬치 가게 주인들이 아무도 지나가지 않았다고 한다. 앞쪽 2층 창문은 세이란의 2층에서 지켜보고 있었고, 뒤쪽 2층 기미코의 방 창문은 안쪽으로 자물쇠가 채워져 있다. 설령 자물쇠가 열려 있었더라도 그 창문 밖에는 부엌 지붕 위에 2평 남짓한 널빤지가 있고, 그 주변에는 튼튼한 철사 울타리가 달려 있다. 뒷문 쪽으로 나가 꼬치 가게의 뒷골목에 면한 이웃집 세 곳도 만약을 위해 조사해보았는데, 모두 뒷골목에 면한 부엌문을 초저녁부터 잠가놓았고 수상한 점은 보이지 않았다. 그러면 후사에가 살해당했을 무렵에, 담배 가게는 밀실과 같고, 집 안에는 나중에 죽은 스미코와 가게를 지키던 기미코 두 사람밖에 없었던 것이다.

정황상 이제 아무리 생각해도 둘을 의심할 수밖에 없다. 곧바로 기미코가 먼저 도마 위에 올랐다. 그러나 이쯤 되면 무대가 좁아져서 처음에 후사에를 죽인 범인을 찾으려는 추리가 스미코의 기괴한 살해 사건과 겹쳐서 그야말로 이상한 모양새가 되어버린다. 예를 들어 조금 과한 추리이긴 하지만 어쨌든 만약 기미코가 어머니 후사에를 죽였다고 하자. 후사에는 죽어버렸는데, 그다음에 스미코를 죽이러 나갔다니 이상하다. 그럼 이번에는 스미코가 후사에를 죽였다고 해보자. 이 또한 마찬가지로 살해당한 후사에가 스미코를 죽이러 나갔다니 이상하다. 결국 스미코의 기괴한 살해 사건으로 되돌아온다. 담당관들은 마침내 유령 살인 사건에 정면으로 마주할 수밖에 없었다. 모두 굳은 표정으로 머리를 감싸 쥐었다.

스미코가 살해당했을 때 담배 가게는 밀실과 같고, 집 안에는 나중에 죽은 스미코와 가게를 지키던 기미코 두 사람밖에 없었다. 그러나 좀처럼 유령을 믿을 수 없었던 경관들은 세이란의 창문에서 증인들이 스미코를 죽인 후사에를 보았다고 했는데, 그것은 흘끗 보았을 뿐 그 얼굴이 정말로 후사에였는지 확실히 말하는 사람이 없었다. 거의 무늬가 없고 거무튀튀한 기모노 차림이라는 것만 일치한 증언이었으니 이는 후사에가 스미코를 죽이러 나간 게 아니라 기미코가 어머니 후사에의 기모노를 입고 스미코를 죽인 후 분홍색 잠옷으로 갈아입었다고 볼 수 있지 않을까?

그러나 이 추리는 곧바로 깨지고 말았다. 현장 창문을 통해 살인 직후 후사에로 보이는 그 사람이 비틀비틀 사라진 뒤, 세이란의 증인들이 밖으로 달려나가 잠옷 차림의 기미코를 만나기까지는 약 3분밖에 안 걸렸다. 그사이 기미코가 입고 있던 기모노를 벗어 어머니의 시체에 입히는 것은 도저히 불가능하다.

그렇다면 후사에가 입고 있던 기모노가 아니라 다른 비슷한 검은색, 서너 칸 떨어져 있으면 민무늬로 보일 수수한 기모노를 입고 연극을 했다면? 이 추리는 가능하다. 경관들은 담배 가게를 철저히 압수 수색했다. 그럴 만한 옷이 후사에의 옷장 서랍에서 두세 벌 나왔지만 모두 방충제와 함께 옷상자에 꼼꼼히 개켜 있었다. 아무리 솜씨 좋고 손이 재빨라도 도저히 3~4분 만에 그렇게 정리할 수가 없다. 아니, 그렇든 아니든 만약 기미코가 범인이라고 해도 그렇게 되면 스미코가 단말마로 남긴 후사에의 이름은 도대체 어떻게 설명할 수 있을까. 아무리 생각해도 스미코를 죽인 사람은 기미코일 리 없다.

경찰은 끝내 그날 밤의 수사를 내팽개치고 말았다.

다음 날이 되자 과연 신문사들은 일제히 귀신 출현 가설을 줄줄이 쏟아냈다. 경찰은 기를 쓰고 이전과 같은 내용을 반복해서 조사했다. 새로운 수확이라고 하면, 흉기에 쓰인 일자 면도칼을 감식과에 넘겼다는 것이다. 감식 결과 그 면도칼은 자루가 가늘어서 뚜렷한 지문이 하나도 남아 있지 않았다. 다쓰지로를 연행해 조사한 결과, 다쓰지로가 어느새 스미코와 바람이 났고, 그 때문에 집안에 분쟁이 일어났다는 것이 판명되었다.

경찰이 오리무중으로 방황하던 그날 저녁 무렵, 갑자기 괴상한 아마추어 탐정이 나타나 담당 경찰관에게 회견을 신청했다.

세이란의 지배인으로 '니시무라'라는 청년이었다. 귀에 거슬리는 벨이 울리며 다급하게 전화가 걸려왔다.

"여보세요……. 경위님이십니까? 저는 세이란의 바텐더인데, 귀신의 정체를 알았습니다. 스미코 씨를 죽인 유령 범인의 정체를 알았어요. 오늘 밤 이곳으로 와주시겠습니까? 예, 그때 말씀드리겠습니다. 아니요, 유령을 보여드리겠습니다."

3

경감이 부하 형사 한 명과 함께 세이란의 2층에 도착
했을 때, 이미 일대는 날이 완전히 저문 시각이었고, 어젯
밤의 사건도 잊은 듯 골목은 밝은 분위기였으며 재즈 소
리로 가득했다. 세이란은 1층과 2층 모두 손님으로 붐볐
는데, 다들 담배 가게의 유령에 대해 이야기하고 있었다.

흰색 상의에 나비넥타이를 맨 니시무라 지배인은 붙
임성 있게 경위와 형사를 맞이해 2층 창가 자리로 안내
하고는 종업원에게 마실 것을 가져오라고 했다. 경위는
처음부터 불쾌한 표정으로 한마디도 하지 않고 수상쩍
다는 듯이 지배인의 행동을 빤히 지켜보았다.

창 너머 바로 지척에 보이는 담배 가게 2층에는 해부
하기 위해 시신을 실어 가서 평소와 다름없었고, 간살이

박힌 창문은 환하게 불이 켜져 있었다.

"사실은 말입니다." 지배인이 입을 열었다. "음…….
어설프게 설명해드리는 것보다 차라리 실물을 보는 게
나을 것 같아서 말입니다."

"도대체 자네는 뭘 보여줄 셈인 건가?"

경위가 의심을 걷지 않고 물었다.

"예, 그게……. 제가 찾은 유령인데……."

그러자 경위가 지배인의 말을 끊고 물었다.

"그럼 자네는 이미 스미코를 죽인 범인을 알고 있다는
말이지?"

"예, 뭐……, 그렇죠."

"누구지? 자네는 현장을 보고 있었나?"

"아니요, 본 건 아닙니다. 그때는 이미 후사에 씨가 살
해당했으니, 이후에는 둘밖에 없었어요."

"그럼 기미코가 죽였다는 말인가?"

경위가 비웃듯이 말했다.

"아니요!" 지배인은 격렬하게 고개를 흔들며 말했다.
"기미코는 이미 경찰분들이 수사하고 제외했잖습니까."

"그럼 아무도 없잖아."

경위는 내던지듯 몸을 뒤로 젖혔다.

"있습니다." 니시무라가 웃으며 말했다. "스미코가 있잖아요."

"뭐? 스미코?"

"그렇습니다. 스미코가 스미코를 죽인 겁니다."

"그럼 자살이라는 말인가?"

"그렇습니다." 니시무라는 사뭇 진지한 표정으로 말했다. "다들 처음부터 큰 착각을 하고 있어요. 죽은 후 발견되었다면 이런 일도 일어나지 않았을 텐데……. 아무튼 본인이 스스로 피리를 불어대듯 발버둥 치며 죽어버렸고 그 모습을 보았으니 자살 현장을 타살 현장으로 착각해버린 거지요. 제 생각에는……, 아마도 후사에 씨를 죽인 것도 스미코인 것 같습니다. 어젯밤 후사에의 문책이 치정 싸움으로 번져 스미코가 후사에를 목 졸라 죽입니다. 정신을 차린 스미코는 자신이 돌이킬 수 없는 무서운 죄를 저질렀음을 깨닫고 일단 후사에의 시체를 벽장에 숨깁니다. 11시가 되어 2층으로 올라올 기미코에게 위험을 느꼈기 때문일지……. 괴로워하다가 자살하고 만 것입니다. 후사에의 시체를 발견했을 때 경찰들이 내린 추측의 반대인 겁니다. 그러니까 스미코가 단말마로 후사에의 이름을 부른 것은, 자신을 죽인 사람의 이름을 부른 것이 아니라 자신이 죽인 사람의 이름을 부른 거지요. 회개하며 외쳤다고 할까요……. 아무튼 저는 그렇게 생각합니다.”

“웃기는 소리군.” 경위가 웃음을 터뜨리며 말했다. “그러면 자네는 그때, 그래 여기 서서 증인들이 본 ‘민무늬의 기모노를 입고 일자 면도날을 든 채 비틀거리며 유리창에 기댄 여자’가 스미코라는 거지? 말도 안 돼. 자네야말로 착각하고 있어. 알겠나? 우선 기모노를 생각해보게. 후사에는 내내 수수한 기모노 차림이었고, 스미코는 내내 화려한 기모노 차림이었어.”

“잠시만요.” 지배인이 경위의 말을 가로막았다. “바로 그 부분입니다. 유령이라는 말이 나온 것이……. 이제 준비가 되었을 테니, 지금부터 그 유령의 정체를 보여드리겠습니다.”

지배인이 벌떡 일어나면서 말했다.

“아직도 모르시겠습니까? 긴자 한복판에 출현한 유령의 정체가 무엇인지를요. 그 사건이 일어났을 때의 상황, 집의 구조 등을 잘 생각해보면 누구라도 알 수 있을 텐데요.”

지배인은 심술궂게 웃더니 어안이 벙벙한 표정의 경

위와 형사를 놔두고 아래층으로 내려갔다. 잠시 후 자전 거용 대형 랜턴을 들고 돌아와 창가에 서서 경위에게 말했다.

"자, 유령을 눈앞에 대령할 테니 여기 서 계십시오."

경위는 불퉁한 얼굴로 지배인이 말한 대로 창가에 섰다. 지금껏 멀리 서서 머뭇거리던 여종업원들과 손님들도 우르르 창가로 몰려왔다. 지배인이 말했다.

"저쪽 창문을 봐주세요."

석 자쯤 떨어진 담배 가게의 2층 창문에는 아까 본 대로 여전히 불이 켜진 채 조용했는데, 곧 방 안에 인기척이 나더니 유리창으로 사람 그림자가 비쳤다.

지켜보던 사람들이 무슨 일이 일어날까 싶어 무심코 몸을 앞으로 내밀며 바라보자 유리창의 그림자가 크게 흔들렸고, 손을 내밀자 갑자기 불이 확 꺼졌다.

"보셨나요? 그때 그림자의 주인이 흔들리자마자 전기에 부딪혀 지금처럼 어두워진 겁니다."

지배인이 말을 마치기도 전에 맞은편 창문이 안쪽에서 드르륵 열리며, 어젯밤 사람들이 보았던 것과 똑같은, 거의 무늬가 없고 거무튀튀한 옷을 입은 여자의 뒷모습이 하얀 목덜미를 드러내며 어둠 속에 나타났다. 그 순간 지배인이 들고 있던 랜턴을 그 여자의 등을 향해 비췄다. 그러자 지금까지 거의 무늬가 없고 거무튀튀한 기모노를 입은 중년 여인의 모습이 갑자기 검은색 바탕에 보랏빛 '우물 정(井)' 자 무늬가 화려한 기모노를 입은 젊은 아가씨의 모습으로 변했다.

"기미코 씨, 고마워."

지배인이 건너편 창을 향해 말했다. 그러자 창가의 여자가 이쪽을 향해 쓸쓸한 표정으로 조용히 미소 지었다. 기미코였다.

"다들 보셨지요? 아, 기미코 씨가 실험을 위해 기모노를 입고 도움을 주셨습니다."

지배인이 그렇게 말하고 뒤를 돌아보더니 경위의 어안이 벙벙한 얼굴을 향해 짓궂게 웃으며 말했다.

"아직도 이해가 안 가십니까? 그럼, 설명해드리지요. 음……, 예를 들어 붉은색 잉크로 쓴 글자를 보통의 투명 유리를 통해 보면 유리 없이 볼 때와 똑같이 붉은색 글자로 보이지요? 하지만 똑같이 붉은색 잉크로 쓴 글자를 붉은색 유리를 통해 보면 붉은색 글자는 전혀 보이지 않습니다. 마치 필름 사진을 현상할 때, 아, 제 취미가 필름 사진이거든요. 붉은 등 아래에서 필름 현상에 열중하고 있다 보면, 옆에 놔둔 게 분명한데 붉은색 종이에 싼 인화지가 갑자기 감쪽같이 없어져서 당황하는 일이 자주 있어요. 깜짝 놀라서 손으로 더듬어 찾아보면 아무것도 안 보이는 곳에 뭔가 잡히곤 하지요. 뭐…… 그것과 같습니다. 이번에는 붉은색 유리 대신 푸른색 유리를 통해 붉은색 잉크로 쓴 글자를 보면 반대로 검고 또렷하게 보이겠지요?"

"흠, 그렇군. 자네가 무슨 말을 하는지는 알겠어. 하지만 사건은……." 경위가 말했다.

"알고 보면 간단합니다." 니시무라 지배인이 웃더니 계속 말했다.

"자, 그럼 '붉은색 잉크로 쓴 글자'를 '검은색 바탕에 보랏빛 '우물 정(井)' 자 무늬가 화려한 기모노'로 바꿔보십시오. 일반 전등 빛을 받으면 그것은 보랏빛 '우물 정(井)' 자 무늬로 보이겠지요. 그런데 푸른색 불빛을 받으면 검은색이 되어버립니다. 무늬만 검은색으로 바뀐 것뿐이라면 괜찮지만, 기모노의 바탕색까지 검은색이라 무늬가 없어져버린 겁니다. 그래서 '거의 무늬가 없고 거무튀튀한' 기모노와 별반 달라 보이지 않는 것이지요."

"이봐, 하지만 그때 전등은 꺼져 있었어."

"맞습니다. 그 방 안의 일반 전등은 꺼져 있었기 때문에 제 의견이 타당하다는 겁니다."

"그럼 푸른색 불빛의 전등이 언제 켜진 거지?"

"그건 처음부터 켜져 있었습니다. 그때 불이 딱 켜졌다면 지켜보던 모두가 눈치챘겠지요. 그때 푸른색 불빛이 켜진 것이 아니라 담배 가게의 일반 전등이 꺼졌을 때 비로소 내내 켜져 있던 푸른색 불빛이 작용했던 겁니다. 그래서 이쪽 창가에 있던 사람들이 조금도 알아채지 못했지요."

"도대체 그 푸른색 불빛은 어디에 켜져 있었던 거야?"

"이거야 원, 모두 알고 있잖습니까!"

이때 정신이 번쩍 든 경위가 지배인의 다음 말을 듣지 않고 창가로 달려갔다. 그리고 창틀에 손을 얹고 발을 올려, 아슬아슬하게 창밖으로 몸을 내밀어 위쪽을 올려다보더니 이내 "아하! 그렇군!" 하고 외쳤다.

세이란의 창문 위에는 커다랗게 '카페 세이란'이라고 쓰인 푸른색 네온사인이 선명하게 반짝이고 있었다.

"그나저나 용케도 이런 걸 알아챘군?"

잠시 후 맥주를 사 마시며 경위가 지배인에게 물었다. 젊은 지배인은 멋쩍게 웃으며 말했다. "별거 아닙니다.

제게는 대단한 수수께끼도 아니었어요. 이런 유령 현상이라면 항상 대수롭지 않게 보며 살고 있거든요." 그러더니 여종업원들 쪽을 고개로 가리키며 말했다.

"저들 역시 똑같은 기모노라도 낮과 밤에는 전혀 다르게 보이거든요. 이것도 일종의…… 긴자 유령이네요."

(『신청년』 1936년 10월호)

움직이지 않는 고래 떼

動かぬ鯨群

1

"쿵 하고 한 발 쏘면 그걸로 그냥 30엔은 고스란히 벌어들였어."

술에 취하면 으레 그 여자는 그렇게 마도로스를 상대로 죽은 남편 이야기를 꺼냈다. 포경선 호쿠카이마루호의 포수로 '고모리 야스키치'가 남편의 이름이었다. 여자의 말처럼 살아 있을 때는 작살 한 발을 쏠 때마다 여분의 보너스를 받았다. 1년쯤 전, 센 비바람으로 거친 바다를 만나 호쿠카이마루호가 침몰하는 바람에 남편이 행방불명되자 여자는 얼마 남지 않은 돈을 금세 탕진하고항구 술집에서 일하게 됐다. 포수는 포경선에서 고급 선원이었다. 잡부들과 달리 소소하게나마 가족을 먹여살릴 만큼 벌었다. 부부 사이에는 아이가 하나 있었다. 여자는 푸념을 늘어놓으면서도, 집에 남겨두고 온 아이를 떠올리면 술이 깬 듯 갑자기 입을 닫고 한숨을 내쉬었다.

처음에는 거짓말 같아 믿기지 않던 남편의 죽음도 반년이 가고, 1년이 가고, 날이 지날수록 점점 현실로 인식되었다. 지금은 아이를 위해 일하면서 술김에 허풍인지 푸념인지 모를 옛날이야기를 늘어놓는 것이 그나마 낙이라면 낙이었다.

호쿠카이마루호는 200톤이 채 안 되는 노르웨이식 포경선으로, 작은 협동조합인 이와쿠라 포경회사에 속해 있었다. 선박국의 본래 장부에 의하면 호쿠카이마루호의 침몰은 10월 7일이었다. 그날은 북태평양 일대에, 계절 들어 처음으로 폭풍우가 몰아친 흉일(凶日)이었다. 오야시오 해류(서태평양 해역에서 극지방으로 흐르는 찬 해류)를 타고 북쪽으로 돌아가는 고래 떼를 쫓던 호쿠카이마루호는 물이 묘한 잿빛을 띠는 태평양 북서쪽 해구 부근에서 풍랑의 한복판으로 빨려 들어가고 말았다.

최초로 조난 신고를 수신한 것은 호쿠카이마루호에서 채 20리도 안 되는 지점에서 포경 작업 중이었던 구시로마루호였다. 구시로마루호도 이와쿠라 포경회사에 속해 있어, 말하자면 호쿠카이마루호의 자매선이었다. 구시로마루호 말고도 부근을 항해하던 기선 중에서 조난 신호를 들은 화물선이 2척 있었다. 그러나 조난된 곳은 해무(바다 위에 끼는 안개)로 둘러싸인 데다 수심도 깊고 조류도 거세 도저히 접근할 수 없었다.

소형 어선이었던 호쿠카이마루호는 배에 물이 금세 들어차 침몰 속도가 빨랐다. 해난구조협회의 구조선이 현장에 도착했을 때는 이미 호쿠카이마루호가 보이지 않았다. 석탄 가루와 기름이 가득한 바다 위에는 최초로 도착한 구시로마루호만 격랑에 휩쓸린 채 우왕좌왕하고 있었다.

들어온 SOS를 들어보면 조난 원인은 충돌도, 좌초도, 접촉도 아니었다. 다만 마구잡이로 바닷물이 들어찼고 급격히 선체가 기울어지면서 그대로 침몰했다. 아직 노후선이라고 할 정도는 아니었는데 초가을 센 바람이라고 해도 어찌나 심하게 바닷물이 들어찼는지, 침몰선에서 발신되는 신호조차 알아들을 수 없었다. 구조선과 구시로마루호에 의해 수색은 계속되었다. 하지만 바다는 여전히 거칠었고 며칠이 지나도록 호쿠카이마루호는 발견되지 않았다.

침몰 이후로 벌써 1년이 지났다.

네무로(根室, 홋카이도 북동 지방에 있는 도시)항에는 곧 다가올 다음 결빙기를 앞두고 어획 시기 막바지의 분주함이 찾아왔다.

"쾅 하고 한 방 쐈는데, 바로 30엔 벌었다니까."

밤이 되면 뼛속까지 시린 추위에 이미 작은 원통형 화목난로를 들여놓은 술집에서는 오늘 밤에도 여자의 푸념이 한창이었다.

"인간이란 건 믿을 게 못 돼. 안 그래? 마루타쓰 씨?"

"전부 고래의 저주야."

'마루타쓰'라는 항만 노동자 행색의 늙은 뱃사람은 술기운에 달아오른 눈초리를 나른하게 늘어뜨린 채 사람들을 돌아보며 말했다.

"고래의 저주라고. 새끼 고래를 공격하니까 안 되는 거라고."

"마루타쓰, 뭐야, 노르웨이인이라도 돼?"

저인망 어선의 뱃사람으로 보이는 남자가 야유하듯 말했다.

'고래의 저주', 그것은 마루타쓰 어르신 혼자만의 생각이 아니었다. 호쿠카이마루호의 침몰 원인을 두고 네무로항에서 제법 잔뼈가 굵은 뱃사람들 사이에 이미 퍼져 있던 소문이었다. 일본 포경선에 노르웨이인 포수가 고용되었을 때부터 그들에 의해 알음알음 전해진 전설이었다.

"새끼 고래를 잡는 포경선에는 반드시 저주가 있다."

종교에 심취한 이방인들은 그런 식으로 새끼 고래 잡기를 두려워하며 거절했다. 하지만 고래 보호를 위해 새끼 고래를 사냥하는 것은 법적으로 엄격히 금지되어 있다. 다 자란 고래조차 남획되는 것을 막기 위해, 정부는 포경선 건조(建造)를 전국 30척 이내로 제한하고 있다. 그러나 고래잡이 능률을 높이려고 감시선의 눈길이 닿지 않는 앞바다에서 몰래 새끼 고래를 잡는 포경선이 간혹 있는 듯했다.

네무로의 이와쿠라 회사에는 2척의 선박이 허용되었다. 호쿠카이마루호와 구시로마루호가 이와쿠라 회사 소유 선박이다. 해무가 걷힌 저녁, 에토로후(択捉)섬의 앞바다 부근에서 엄청난 돌고래 떼에 쪼아 먹히면서 떠내려가는 새끼 고래 사체가 우연히 발견되곤 했다. 마루타쓰의 말을 빌리면, 그 고래의 저주를 받아 호쿠카이마루호는 침몰했다. 그리고 벌써 1년의 세월이 흘러버렸다. 이와쿠라 회사는 손해에도 굴하지 않고 즉시 제2의 호쿠카이마루호를 건조해서 활발히 운용하고 있다.

마루타쓰 어르신은 술에 취한 포수의 미망인이 손님들을 상대로 푸념을 늘어놓기 시작하면, 으레 고래의 저주 이야기를 꺼냈다. 그쯤 되면 거의 뱃사람만 있는 자리이다 보니, 묘하게 분위기가 가라앉고, 모두 불쾌한 얼굴로 풀이 죽기 일쑤였다.

오늘 밤도 결국 그런 상황이 찾아왔다.

바다에서 불어오는 해무가 네무로 마을을 유백색으로 차갑게 흐리고, 술집 유리창에는 서리 같은 수증기가 서렸다. 시뻘겋게 달아오른 화목난로를 둘러싸고 사람들은 생각에 잠긴 듯 술을 마셨다. 차갑게 식은 술이었다.

밖에는 으스스한 찬바람이 휙휙 전깃줄을 때리고, 밤바다로 나가는 어선의 시동 거는 소리가 우당탕 울렸다. 왠지 섬뜩할 정도로 조용한 해무의 밤이었다. 사람들은 말없이 쓰디쓴 술을 마셨다.

하지만 그런 가라앉은 쓸쓸함은 오래가지 않았다.

전혀 뜻밖의 일이었다. 지금까지 술 냄새 나는 한숨을 내쉬며 멍하니 사람들의 얼굴을 둘러보던 포수의 미망인이 와장창 물건들이 넘어질 만큼 테이블을 갑자기 밀어내며 일어났다. 얼굴빛은 시체처럼 창백했고 공포에 질려 불타오르듯 형형한 눈은 문간으로 향해 있었다.

수증기에 젖은 문간 유리창에는 유령의 그림자가 비쳤다. 고무 재질의 방수 코트 깃을 세우고 같은 재질의 방수모를 깊숙이 눌러쓴 남자의 그림자가 유리문 바깥에 바짝 붙어 실내를 들여다보고 있었다. 텁수룩하게 자란 구레나룻을 들이밀며 초췌해져 옴폭 들어간 눈으로 두리번거리다가 곧바로 일어선 여자와 눈이 마주치자 살며시 눈인사라도 하듯 턱을 치켜올리고는 그대로 바깥 어둠 속으로 사라져버렸다.

침몰선 호쿠카이마루호의 포수, 죽은 줄로 알았던 고모리 야스키치였다.

2

　술집 안에 있던 사람들이 모두 일어섰다.

　"자네 남편 아니야?"

　마루타쓰가 완전히 술이 깬 기색으로 말했다. 젊은 뱃사람이 떨리는 목소리로 말했다.

　"사람을 착각한 거겠지."

　"아니, 사람을 잘못 본 게 아니야. 나는 이 마루네에 오가는 남자들의 얼굴은, 지금이나 옛날이나 한 명도 빠짐없이 전부 안다고." 마루타쓰는 일어선 채로 단언했다. "그 남자, 확실히 호쿠카이마루호의 야스키치였어."

　"그럼 살아 있었던 거야?"

　"구출돼서 지금에야 돌아온 건가."

　잠자코 있던 여자는 이내 문간으로 달려갔다. 사람들

도 눈사태라도 밀려오는 것처럼 우르르 그 뒤를 따랐다.

안개 서린 밖으로 사립문이 살짝 열리자, 제일 먼저 튀어나온 여자는 희뿌옇게 흐릿한 건너편 가로등 아래를 지나 창고 모퉁이에서 부두 쪽으로 꺾어 들어간 남자의 형상을 봤다.

"내 맘대로 하게 좀 놔둬요."

여자는 눈사태처럼 밀려오는 남자들을 뿌리치고 그대로 터벅터벅 남자의 형상을 쫓았다.

창고의 음영을 돌자 유백색의 해무가 갯바위 내음을 싣고 세차게 불어왔다. 남자는 걸음을 멈추지 않았다. 모퉁이를 몇 바퀴나 돌아 고깃배 부두 근처 청어 창고 옆까지 와서야, 남자는 겨우 걸음을 멈추고 겁먹은 듯 주위를 둘러보더니, 뒤따라온 여자에게로 말없이 돌아섰다.

그것은 유령도 뭣도 아닌, 진짜 고모리 야스키치였다. 안개에 젖은 건지, 바닷물을 뒤집어쓴 건지 온몸이 물에 젖은 생쥐 꼴이었다. 여자는 덤빌 기세로 품에 안겼다.

하지만 살아 돌아온 야스키치는 예전의 야스키치와는 완전히 달라져 있었다. 찰나였지만 여자는 금세 알 수 있었다.

"내가 돌아왔다는 사실을 아무에게도 말하지 마."

"어쨌든 불안하니까 집에 가자."

여자가 권했지만 야스키치는 재차 주위를 두리번거리며 말했다.

"아니, 안 돼. 누가 날 노리고 있어. 이런 상황에 집에 어떻게 가."

아내의 어깨를 두 손으로 감싸 안을 것처럼 문지르며 조금 누그러진 목소리로 말했다.

"도키보는 많이 컸겠지?"

"그래······. 그런데 대체 누가 당신을 노린다는 거야?"

야스키치는 묻는 말에 답하지 않고 "아, 도키보를 만나게 해줘. 아이가 너무 보고 싶어."라고 말하며 겁먹은 듯 다시 주위를 둘러보더니 말했다.

"하지만 집에는······, 안 돼, 갈 수 없어. 여기 숨어 있을 테니까 여기로 아이를 데려와 줄래? 그리고 함께 도망가자."

아내가 말을 잇지 못하고 놀라서 어안이 벙벙해 있자, 야스키치는 덧붙이듯 말을 이었다.

"터무니없이······ 무서운 음모야. 난 이제 바다를 보는 것조차 무서워. 원래는······, 이래서도 안 돼. 여보, 어서 빨리 도망갈 채비를 하고 도키보를 데려와. 이유는 그때 천천히 말해줄게."

　호쿠카이마루호와 함께 바다 밑으로 가라앉아 죽은
줄 알았던 남편 야스키치가 느닷없이 살아 돌아왔다. 어
디에서 어떻게 1년을 보냈는지, 누군가를 극렬히 두려워
하며 아이를 데리고 함께 도망치자고 한다. 놀람과 기쁨
그리고 불안감이 한꺼번에 밀려와, 바로 조금 전까지 침
체된 체념 속에서 살던 여자는 극심한 동요와 망설임에
빠져버렸다.

　하지만 이내 여자는 결심한 듯 남편 곁을 떠나서, 그
가 시키는 대로 변두리에 있는 작은 2층집으로 혼자 돌
아왔다. 반쯤 꿈꾸는 듯한 기분으로 아직 제대로 걷지도
못하는 아이를 업고, 늘 아이를 돌봐주던 아래층 아주머
니에게 우회적으로 이별을 고하는 사이에 조금씩 상황
을 실감했다.

　'이전에는 가정 따위 안중에도 없는 것처럼 제멋대로
굴던 허세꾼 야스키치가 도대체 어떤 끔찍한 일을 겪었
기에 갑자기 나타나 처자식을 데리고 도망가려 하는 거
지? 필시 어쩔 수 없는 사정이 있겠지. 침몰선에서 살아
돌아왔다는 것만으로도 엄청난 비밀이야.'

　생각할수록 남편의 처지가 이상하고 절박하게 여겨

져, 모든 정리를 마치고 총총걸음으로 안개 낀 부두로 향했다.

걸으면서도 야스키치가 말하지 않은 비밀이 점점 두렵고 불안해졌고, 남편이 말한 '터무니없이 무서운 음모'가 형체 없이 떠오르더니, 마루타쓰가 입버릇처럼 말한 '고래의 저주'가 생각나기도 했다. 그 모든 게 한데 합쳐져 이번에는 야스키치의 존재 자체에 불안감을 품게 되었다.

그 불안감은 완전히 적중했다. 그 무렵 청어 창고 옆에서는 돌이킬 수 없는 참극이 벌어지고 있었다.

술집 앞을 피해 안개를 따라 남편과 헤어졌던 자리로 돌아온 여자는 경악했다. 가로등 불빛이 어슴푸레 비치는 창고 판벽에 피투성이로 찰싹 달라붙은 야스키치의 처참한 모습을 발견한 것이다. 고래의 숨통을 끊는 날카로운 고래잡이 손작살로, 표본상자에 핀으로 꽂힌 나방처럼 판벽에 못 박힌 야스키치에게 여자가 다가가자, 그는 마지막 숨을 헐떡이며 필사적으로 소리를 쥐어짰다.

"구, 구, 구시로마루의……."

거기까지 신음을 내더니 피투성이가 된 오른손을 쳐들며 눈앞의 벽에 검게 번뜩거리는 핏자국으로 무언가를 적었다.

'선장이다 ―'

그리고 헐떡거리며 그대로 숨이 끊어지고 말았다.

3

네무로의 수상(水上)경찰이 구경꾼들을 헤치며 참극의 현장에 달려간 것은 그로부터 30분 뒤였다.

창고 옆 어슴푸레한 현장 주변에는 치열한 몸싸움 흔적이 남아 있었다. 같은 손작살로 찔린 듯한 자창이 온몸에 여럿 있는 것으로 보아, 판벽에 못 박히기 전까지 상당한 몸싸움을 한 것으로 보인다. 치명상을 입고 저도 모르게 판벽에 기댄 야스키치에게, 범인은 그의 등 뒤로 최후의 일격을 찔러 넣고 그대로 도주한 것 같다.

판벽에서 떼어낸 시신은 곧바로 검시관의 손에 옮겨졌으나 이렇다 할 소지품이 없었다. 야스키치가 어디를 어떻게 돌아다녔는지, 무서운 비밀을 알려줄 단서는 하나도 발견되지 않았다.

이번에야말로 정말 미망인이 된 여자와 마루타쓰 어르신 그리고 술집 문간에 나타난 야스키치를 최초로 목격한 뱃사람들이 일단 조사를 받았다. 마루타쓰는 자신이 목격한 것을 제멋대로 지껄이다가 횡설수설하더니 '고래의 저주'를 들먹였다. 그의 말에 동조하며 뱃사람들도 똑같이 제멋대로 억측만 늘어놓으니 아무 쓸모가 없었다. 그러나 야스키치 부인의 진술로 그 답답함이 반쯤 해소되며 경찰관들은 사건의 윤곽을 대략 잡을 수 있었다.

거듭되는 이변에 몸도 마음도 완전히 무기력해진 야스키치의 아내는 비몽사몽 앞뒤 없이 단말마를 내뱉는 남편의 모습을 진술했다. 그러다 점차 안정을 찾으면서 살아 돌아온 남편이 누군가를 두려워하며 이상한 태도를 보였다는 것, 당황해하는 자신을 설득해 도망치자고 했다는 것 등 중언부언하기는 했지만 어쨌든 상황 설명을 마쳤다.

네무로 마을부터 항구에 걸쳐 해무에 감싸인 어둠 속에 비상 구역을 표시하는 선이 쳐졌다.

야스키치가 남긴 '구시로마루'는 같은 이와쿠라 회사의 자매선으로 호쿠카이마루호가 작년 가을에 침몰했을 때 재빨리 구조에 나선 포경선이다. 그 배의 선장이 야스키치의 살해범이다. 즉각적이고 용의주도하게 수배가 내려졌고 엄중한 조사가 시작됐다.

가장 먼저 해양일꾼소개소로부터 솔깃한 보고가 들어왔다.

참극이 벌어진 시각 직후, 선장으로 보이는 회색 외투를 입은 풍채 좋은 남자가 포수를 모집하러 왔는데, 근무 시간이 아니라 합숙소 쪽을 돌았고 그곳에 일자리를 찾으며 어슬렁거리던 포수 한 명을 고용했다는 것이다. 그 선장은 얼굴의 동요를 감추려 애썼지만 뭔가 초조해 보였고, 현관에서 고용 계약 중이던 한 뱃사람은 승선 선박의 이름이 구시로마루라는 것을 확실히 들었다.

경찰관들은 곧바로 부두에 정박해 있는 거룻배를 이 잡듯 샅샅이 뒤졌다. 하지만 새로운 포수를 고용한 선장은 아직 육지를 배회하고 있는 것인지, 이미 자신의 거룻배를 타고 오간 것인지 그런 손님을 태웠다는 거룻배는 없었다. 하지만 그렇게 조사한 덕분에 또 다른 보고가 입수되었다.

초저녁에 귀항한 쿠릴열도(러시아 동부 사할린주에 속한 열도)의 한 트롤선이, 큰 너울에 흔들리면서 해무가 짙게 낀 앞바다에 닻을 내리고 있는 구시로마루호를 보았다고 했다.

수상경찰서는 돌연 활기를 띠었다.

입수한 여러 보고를 조합하여 고모리 야스키치를 죽인 구시로마루호의 선장은 해양일꾼소개소에서 포수 한 명을 고용해 일찌감치 자신의 거룻배를 타고 앞바다에 대기하고 있던 구시로마루호로 인양했다고 판단했다.

집요한 해무를 뚫고 수상경찰의 모터보트가 요란한 폭음을 남기며 어둠 속 먼바다로 사라졌다.

그런데 점차 멀어지던 그 폭음은 어찌 된 일인지 10분쯤 지나자 다시 도도도 하고 둔탁하게 가라앉은 공기를 떨구며 되돌아왔다. 그런가 싶더니 이번에는 오른편 먼바다로 은은한 서치라이트 불빛을 번쩍이며 크게 원을 그리면서 사라졌다. 그러더니 다시 왼편으로 되돌아오고, 그런가 싶더니 또다시 앞바다로…….

구시로마루호는 벌써 닻을 올린 것이다.

4

"어이, 미요 공(公). 힘내게."

이튿날 밤, 어둠에도 가려지지 않을 만큼 낡은 술집 한구석에서 잠을 못 자 붉게 충혈된 눈으로, 앞섶을 열고 아이에게 기운 없이 젖을 먹이는 야스키치 아내에게 마루타쓰 어르신이 웃으며 말을 건넸다.

"악몽 꿨다고 생각하고 잊어버리게나."

여자가 아무런 대꾸도 하지 않자, 지금껏 카운터석에 팔꿈치를 괴고 여자와 이야기 중이었던 듯 보이는 술집 주인을 향해 말했다.

"어젯밤 수상경찰이 꽁지 빠지게 돌아다닌 거 봤어? 바다에서 뱅글뱅글 돌았다고. 보는 내가 다 애타더구먼. 아무래도…… 생각보다 사건이 커질 것 같아."

"그러게 말이야. 도대체 어떻게 된 일일까?"

술집 주인이 호응해주자 마루타쓰는 덜컹덜컹 의자를 끌어와 걸터앉으며 말했다.

"구시로마루호가 감쪽같이 사라져서, 이번에는 각지에 있는 감시선(監視船)에 무전을 보냈나 봐. 발견하는 즉시 구시로마루호를 잡아달라고 부탁한 거지."

"오호, 수상경찰서에서 수상국 감시선으로 사건이 이첩됐다는 거요?"

술집 주인이 구레나룻을 어루만졌다.

"뭐, 그런 셈이지. 그런데 아무래도 바다가 넓어서 아직 못 찾았나 봐. 감시선에 바다 쪽을 맡긴 경찰은 그다음에 곧바로 이와쿠라 씨 사무소 문을 두드려 깨웠다더라고. 숙직 중이던 젊은 애가 잠에 취해서 어리바리 답답했던지 속을 끓이다가 이번에는 과장이 나서서 사장 저택에 찾아가 이와쿠라 씨에게 직접 면회를 신청했어. 여기까지는 뭐, 좋아. 그런데 문제는 지금부터야. 일이 귀찮아졌다니까. 이와쿠라 사장은 원래 뭐든 말하잖아? 그런데 일이 귀찮아질 것 같았는지 머리가 아프다는 둥 어쨌다는 둥 피하고 싶어 하더군. 하지만 결국 서장을 만나 이런저런 자초지종을 들었는지, 안색이 싹 바뀌더니 이

상하게 당황하면서 '뭔가 잘못됐겠지요. 구시로마루호
는 지금 네무로 근처에 없습니다'라고 대답했대."

"흠, 그렇군. 그 사장은 꽤 배짱 있고 도량이 넓은 사람
이니까……. 그럼 도대체 구시로마루호는 어느 쪽으로
고기잡이를 나갔답니까?"

"조선 앞바다의 울릉도 근처로 갔다더라고. 그곳은 가
히 참고래의 본고장이라 할 수 있지."

"뭐요? 그렇게 되면 울릉도와는 상당히 방향이 다르
지 않소?"

마루타쓰는 손등으로 마구 입을 문지르면서 "어쨌든
서장은 이미 이와쿠라 사장의 말이 이상하다고 생각했
겠지. 그 자리에서는 매듭 짓지 못하고 일단 철수했어.
곧바로 울릉도 쪽에 무전을 보냈어. 이와쿠라 사장의 말
이 사실인지 거짓말인지, 아니, 거짓말이 틀림없지만 뭔
가 속임수가 있는지, 거짓말이라면 증거를 잡아야 했으
니 낱낱이 조사하라고 했지. 그쪽 경찰한테서 곧바로 답
이 왔어. 뭔 줄 아나? 우선 사장 말대로 이와쿠라 회사의
구시로마루호는 울릉도를 근거지로 하여 한 달 정도 전
에 온 것은 확실하지만 지금은 없다. 사흘 전부터 고기잡
이하러 나가 돌아오지 않았다. 무슨 말인지 알겠어? 즉,

사건이 있던 어젯밤 이틀 전부터 저쪽 근거지를 떠난 거야. 고기잡이하러 나간다고 했으니 넓은 바다로 갔겠지. 어느 바다에서 어떻게 고래잡이를 했는지, 과연 저 먼바다에서 어슬렁어슬렁 고래를 쫓고 있었을지……. 글쎄, 아무도 본 사람이 없으니, 아무리 이와쿠라 사장이래도 증명할 수는 없지."

"그것참 수상하네."

"수상한 건 그뿐만이 아니야. 문제는 그 구시로마루호가 사건이 있던 어젯밤, 해무가 자욱한 네무로항에 와서, 그것도 사람 눈을 피해 몰래 앞바다에 머물러 있었다잖아. 수상하지 않아? 게다가 구시로마루호 조사차 서장이 방문했을 때 안색이 싹 바뀌더니 이상하게 당황했다잖아. 이거 결정적이잖아. 즉 이와쿠라 사장도 구시로마루호가 울릉도에 있다고 말하면서 네무로에 몰래 돌아온 걸 가능한 숨기고 싶었던 거지. 경찰의 예상을 완전히 망쳐버렸어."

"흠, 그건 그렇네." 술집 주인은 몸을 돌리고 팔짱을 끼더니 말했다.

"그런 식이면 이와쿠라 쪽도 예상대로 안 풀리겠는걸. 이것 참 정말 사건이 커지겠어. 뭔가가 있어. 분명……."

"있지, 분명 뭔가 있어. 아무래도 나는……, 호쿠카이 마루호가 침몰했을 때 생존한 야스키치가 도대체 어떻게 구시로마루호에 올라탔느냐가 관건이라고 생각해. 야스키치가 구시로마루호를 탔는지 본 적은 없지만, 어젯밤 야스키치를 죽인 구시로마루호의 선장이 대신할 포수를 고용한 뒤 사라졌다며? 지금까지 야스키치는 구시로마루호에 승선해 있었다……. 뭐, 그래야 이치에 맞지."

"잠깐만." 술집 주인이 고개를 갸우뚱하며 말했다.

"호쿠카이마루호가 침몰했을 때 가장 먼저 달려온 게……, 구시로마루호였잖아. 그때 구출됐던 게 아닐까?"

그러자 이제껏 넋이 나간 듯 멍하니 두 사람의 대화를 듣고 있던 야스키치의 아내가 고개를 들어 말했다.

"여보시오, 그렇다면 야스키치는 왜 그때, 구출됐을 때 곧바로 돌아오지 않은 건데?"

"아, 그러게 말이야." 마루타쓰가 격앙된 목소리로 말했다. "구출됐는데도 곧바로 돌아오지 않았다는 말은, 내 생각에는……, 무슨 사정이 있지 않았을까 싶어. 돌아오고 싶지 않았다든가……. 아니면 돌아오고 싶어도 돌아올 수 없었다든가?"

"설마, 감금당해 있었나?" 술집 주인이 갑자기 어두운 안색으로 말했다.

"마루타쓰 씨, 호쿠카이마루호는 어째서……, 무엇 때문에 가라앉은 걸까?"

"뭐?" 마루타쓰가 놀라더니 얼굴을 찡그리며 잠시 생각에 잠겼다가 입을 열었다.

"설마……, 자네는 구시로마루호가 고의로 호쿠카이마루호를……. 아니, 왠지 이야기가 점점 나빠지는데……. 이거 역시 고래의 저주가……."

그러고는 갑자기 입을 다물어버렸다.

술집 문이 열리고 뱃사람 두 명이 들어왔다. 둘은 의자에 앉아 턱을 치켜들어 사람을 불렀다. 야스키치의 아내가 성가신 듯 일어나 안으로 들어가자 술집 주인은 일어나서 손님 자리에 술을 가져갔다.

"그나저나 마루타쓰 씨, 당신은 어찌 그리 경찰들 사정을 상세히 알고 있소?"

다시 원래 자리로 돌아온 술집 주인이 자세를 바로 하며 물었다. 그러자 마루타쓰는 의기양양해하며 말했다.

"아, 그게 ……, 사실 오늘 밤부터 감시선을 타고 구시로마루호를 찾는 탐색 대열에 합류하거든."

"뭐? 당신이 감시선에?"

"그래, 부탁받았어." 마루타쓰는 거드름을 피우며 말했다.

"실은 아까 경찰한테서 의뢰가 들어왔어. 그래서 아즈마야라는 사람을 만나고 왔지. 그 사람은 육지의 수산시험소 소장이라는데, 마침 네무로 대구 어시장을 시찰하러 왔다가 이번 사건을 듣고, 뭔가 견해가 있는지 아주 적극적으로 한몫 거들고 싶다더군. 오늘 밤 오호츠크에서 회항하는 감시선에 탑승하는데, 그때 뱃사람 얼굴을 잘 아는 남자가 필요하다고 해서 나를 찾아온 거지."

"오! 그것참 대단히 출세했군."

"그렇지. 하지만 그 아즈마야라는 사람이 구시로마루호를 찾아낸다 해도 과연 고래의 저주를 알아볼까? 나도 감시선에 오를 테니 이 사건에는 큰 전환점을 맞을 거야. 이제 슬슬 승선 준비를 해야겠어. 여기, 어서 술 좀 갖다 줘!"

묘하게 마루타쓰의 콧김이 거칠어졌다.

5

북태평양의 새벽은 맑지도 흐리지도 않은 하늘 아래의 납빛 바다를 한없이 희미하고 어슴푸레하게 밝혔다.

어젯밤 네무로항에서 출항한 감시선 하야부사마루호는 거품이 이는 뱃머리를 가르며 미끄러지듯 순항 중이다. 선교(船橋, 배의 상갑판 중앙 앞쪽에 있는 곳으로, 항해 중 선장이 지휘하는 곳)에는 아즈마야를 비롯해 선장, 네무로 수상경찰 서장 그리고 마루타쓰와 뱃사람들이 날 선 시선을 먼바다에 던지고 있었다. 중갑판 선실에는 무장경찰 몇 명이 긴장한 채 기다리고 있었다.

이렇게 드넓은 바다 한가운데에서 과연 구시로마루호를 발견할 수 있을까? 예상대로 하야부사마루호는 긴장한 채 오랜 시간이 흘렀다.

하지만 오후가 되어 뱃전 전방에 아득히 멀리 무지개처럼 바닷물을 뿜어대는 고래 떼를 발견하자, 지금껏 무계획으로 일관하던 아즈마야 씨의 태도가 확 돌변했고 돌연 하야부사마루호는 하나의 고정된 진로에 들어섰다.

"용케도 발견했네요. 저 고래 떼를 놓치지 말고 멀리서라도 뒤를 밟으세요."

아즈마야 씨는 계속 명령했다.

"그다음 무전을 치세요. 내용은 '포경선 이고구, 동경 152, 북위 45에 부근을, 북북동쪽으로 향하는 큰 고래 떼 있음'이라고요. 뭐, 그 정도로 큰 고래 떼는 아니지만." 아즈마야는 웃으면서 말했다. "아, 그리고 발신자를 '화물선 에토로후마루호'라고 해주십시오."

"에토로후마로호…… 네, 좋네요."

선장이 쓴웃음을 지었다.

"아, 이 경우에는 거짓말도 방편이에요. 구시로마루호의 선장은 포수를 새로 고용했으니까 고래라고 하면 가만있지 않을 거예요."

잠시 후 배는 속도를 뚝 늦추고 멀리 숲처럼 올라오는 수면을 목표로, 보이지 않는 고래 떼의 뒤를 쫓았다. 항해 속도는 느려졌지만 배 안의 긴장감은 더욱 날카로워졌다.

아즈마야는 쌍안경을 들고 빙빙 수평선을 둘러보더니 이윽고 한숨을 돌리며 수상경찰 서장에게 말했다.

"어젯밤 말씀하신 그 구시로마루호의 최고 속도네요. 확실히 12노트였지요?"

"예. 확실합니다."

서장이 확신에 차 답했다.

아즈마야는 고개를 끄덕이고는 선장에게 또 물었다.

"울릉도에서 네무라까지 가장 빠른 항로를 이용하면 800해리입니까?"

"좀 더 됩니다. 800……50~60해리는 될 겁니다. 하지만 말 그대로 최단 거리이고 실제로는 항로가 길어질 일은 있어도 그보다 짧아질 수는 없을 겁니다."

"그렇군요."

아즈마야는 다시 쌍안경을 들여다보았다.

구름 사이로 햇빛이 비치면 숲처럼 올라오는 수면이 선명하게 보인다. 아무래도 새끼 고래를 데리고 북쪽으로 돌아가는 향유고래 무리 같다. 배는 상쾌한 리듬을 타고 수면 위를 조용히 매끄럽게 나아갔다.

이윽고 1시간쯤 지나자 무전 효과가 나타났다. 처음에

는 저 멀리 우현 전방에 검고 작은 배의 모습이 띄엄띄엄 있는가 싶더니, 이내 큰 포경선이 보였다. 고래 떼를 발견해서인지 엄청난 속도로 숲처럼 올라오는 수면을 향해 나아갔다.

"저 배가 눈치채지 못하게 좀 더 속도를 줄이십시오."

하야부사마루호는 거의 멈출 것처럼 속도를 늦췄다. 사람들은 마른침을 삼키며 쌍안경을 들여다보았다. 순식간에 고래 떼에 접근한 포경선은 재빨리 뱃머리에서 흰 연기를 확 내뿜었다. 그러자 바닷속에서 커다란 향유고래 꼬리가 순간 펄럭이며 거센 물보라를 날려 올렸다. 하지만 사람들은 쓴웃음을 지으며 쌍안경을 내렸다. 그 배는 구시로마루호가 아니었다.

"이런 어쩔 수 없네요. 그런데 위반 행위는 없는 겁니까?"

"뭐, 보시는 대로요. 없습니다."

이윽고 포경선은 양 현측(舷側)에 큰 어획물을 부낭(浮囊)처럼 여러 개 묶고는 유유히 건져 올렸다.

고래 떼는 다시 떠올라 전진하기 시작했다. 하야부사마루호는 또다시 끈기 있는 미행을 계속했다.

이후 1시간이 흘렀는데도 두 번째 포경선은 나타나지 않았다. 아즈마야의 미간에 문득 불안의 그림자가 스쳤다. 만약 이대로 구시로마루호가 나타나지 않는다면 밤이 온다. 그러면 겨우 목표로 삼은 고래 떼를 어쩔 수 없이 놓아줘야 한다. 아즈마야는 초조해졌다.

그로부터 30분 후 불안감은 씻은 듯이 사라졌다. 좌현 대각선 전방에 드디어 이와쿠라 회사 특유의 회색 포경선이 모습을 드러낸 것이다. 멍하니 있다가 선장이 처음 그것을 발견했을 때, 이미 구시로마루호는 범호랑이처럼 날렵하게 고래 떼에 바싹 다가붙어 있었다.

하야부사마루호는 우왕좌왕 속도를 늦췄다. 다행히 저쪽은 사냥감에 정신이 팔려 이쪽을 눈치채지 못한 것 같았다. 그 배와 점점 가까워지자 육안으로도 형체를 확인할 수 있었다. 검은색 굴뚝에는 '○마크'가 찍혀 있었고, 배 옆에는 선명하게 '구시로마루'라는 검은색 글자가 물보라에 젖어 있었다.

탕!

이미 구시로마루호의 뱃머리에는 작살포가 흰 연기를 뿜고 있다. 아즈마야가 신호하자 하야부사마루호가 쏜살같이 나아갔다.

선장이 굳은 얼굴로 말했다.

"어이, 저치, 저거 범법을 저지르는군. 새끼 고래를 잡고 있어."

"아마 상습일 겁니다." 아즈마야가 답했다.

구시로마루호에는 드르륵 하고 도르래로 작살 줄을 당겼고 새끼 고래가 수면 위로 두둥실 떠올랐다. 그 순간 돛대 망루에 있던 남자가 손을 흔들며 뭐라고 외쳤다. 다가오는 하야부사마루호를 발견한 것이다. 구시로마루호는 재빨리 각도를 좌현으로 꺾기 시작했다.

하야부사마루호의 돛대에 '정박 명령' 신호 깃발이 스르륵 올라갔다. 하야부사마루호는 시속 16노트였다. 포경선은 싸움 없이 패했다.

가까이 다가가보니 고래 떼는 생각보다 컸다. 도망치지도 않고 어슬렁거리는 고래 떼 사이에 구시로마루호는 조용히 멈춰 서 있었다. 하야부사마루호가 그 옆으로 붙었고, 아즈마야, 서장, 마루타쓰를 앞세워 경찰관들이 우르르 넘어갔다. 구시로마루호의 뱃사람들은 단순 불법 적발치고는 과한 진압 인력에 몹시 당황해했다. 그들은 곧바로 경찰관들에 포위됐다.

아즈마야는 서장과 마루타쓰와 함께 선교로 뛰어올랐다. 그곳에는 조타수처럼 보이는 남자가 도망치고 있었다.

아즈마야가 "선장을 내놔!"라고 외치자 "나는 모른다!"

며 고개를 흔들더니 그대로 갑판으로 뛰어내렸다. 그리고 그곳에 있던 경찰들과 격투가 벌어졌다. 그 모습을 보면서 어쩐 일인지 몹시 넋이 나가버린 마루타쓰를 힘차게 잡아당기며 아즈마야는 선장을 찾았다.

선장실에도, 무전실에도 없자 아즈마야는 선교를 내려가 후갑판 사관실로 뛰어들었다. 하지만 없었다. 바로 위 식당에도 사람 그림자조차 없었다. 이제 남은 곳은 뱃머리의 선원실뿐이었다.

아즈마야는 마루타쓰와 서장과 함께 앞갑판 사다리를 내려가 어두컴컴한 선원실 문 앞에 섰다. 귀를 기울이니 과연 사람의 숨소리가 들렸다. 아즈마야는 즉시 문을 확 열어젖혔다. 철커덩 소리가 나더니 방 안에 있던 남자가 램프에 부딪쳐 큰 그림자를 드리우면서 저쪽으로 날쌔게 물러섰다. 줄에 매달려 계속 심하게 흔들리는 램프 너머로, 벽에 바싹 붙어 눈을 부릅뜨고 이를 악물고 오른손에는 커다란 작살을 들고 이쪽을 겨누고 있는 선장이 보였다. 그 모습을 본 마루타쓰가 "으악" 하고 이상한 소리를 내며 아즈마야를 껴안았다. 작살이 날아와 머리를 스치고 뒤쪽 벽에 덜컥 꽂혔다. 서장의 손에서 권총이 번쩍였고 곧 수갑이 채워지는 소리가 들리자 마루타쓰가 부들부들 떨며 입을 열었다.

"저 남자는 죽은 줄 알았던 호쿠카이마루호의 선장입니다!"

침을 꿀꺽 삼키고 어깨로 숨을 고르더니 이어 말했다.

"그뿐만이 아닙니다. 아, 아까부터 이상하다고 생각했는데……, 그 조타수도, 갑판에서 붙잡힌 뱃사람들도, 모두 침몰한 호쿠카이마루호의 선원들입니다!"

"뭐라고?"

뒤늦게 뛰어 들어온 하야부사마루호의 선장이 창백해져 외쳤다.

"말도 안 돼! 그럼 도대체……. 그것이 사실이라면 구시로마루호의 선원들은 어떻게 된 거야?"

그러자 지금껏 잠자코 있던 아즈마야가 돌아서서 말했다.

"구시로마루호는 동해에 있습니다."

선장이 다리에 힘이 풀린 듯 비틀거렸다.

"아, 놀라시는 게 당연합니다." 아즈마야는 사과하듯 고개를 흔들며 말했다.

"별거 아닙니다. 설명드리지요. 당신은 구시로마루호의 최고 속도를 12노트라고 말씀하셨죠. 문제는 그것입니다. 자, 생각해보세요. 울릉도 경찰의 보고에 따르면 12노트의 구시로마루호는 살인 사건 전전날에 근거지를 떠났습니다. 그런데 울릉도에서 네무로까지는 가장 짧은 거리가 850해리입니다. 구시로마루호가 최고 속도로 달린다 해도, 음, 그러니까 70시간, 꼬박 사흘은 걸립니다. 다시 말해 살인이 있던 날 밤에 네무로에 들어온 배는 결코 구시로마루호일 리가 없습니다."

선장은 백지장처럼 하얗게 질려 헐떡이며 물었다.

"그럼, 도대체, 이 배는?"

"이 배는 지난가을 동해 부근에서 침몰한 호쿠카이마루호입니다."

"……."

어처구니가 없어 모두 입을 다물자 아즈마야는 슬금슬금 사다리를 오르며 말했다.

"포경이 시작된 이래 전례 없는 대사건입니다. 사실 저도 마루타쓰 씨께서 호쿠카이마루호의 선장 얼굴을 확인해주시기 전까지는 8할의 확신밖에 없었습니다. 선장님, 포경선의 법정 제한 수는 30척이지요? 제가 추리한 사건의 정황은 이렇습니다.

이와쿠라 회사 사장은 2척으로 제한되어 있던 소유

항공을 어기고 3척을 소유하고 있었습니다. 간부 선원들과 공모해서 1년 전에 호쿠카이마루호의 가짜 침몰을 모의했던 것입니다. 그 폭풍우가 몰아치던 날 밤, 배 옆에 적힌 이름을 바꿔 써서 자매선인 구시로마루호로 감쪽같이 위장한 호쿠카이마루호는 멋대로 기름과 석탄 가루를 바다에 흩뿌리고 가짜 무전을 칩니다. 다급히 구조에 뛰어든 구시로마루호인 척 시치미 뚝 떼고 해난구조협회의 구조선과 함께 환영(幻影)을 이틀이고 사흘이고 샅샅이 찾은 것입니다.

기막힌 일은 지금부터입니다. 선박국에 호쿠카이마루호의 침몰이 등록됩니다. 추측건대 이번에 새로 만들어진 호쿠카이마루호는 건조 비용을 이전의 호쿠카이마루호의 보험금으로 충당했을 테지요. 어쨌든 이와쿠라 회사는 표면상 법률이 허용한 2척의 포경선을 소유하고 있지만, 실상은 3척, 그것도 한 척은 법망을 피해 탈세해서 이득을 취하고 있는 듯합니다. 선원들은 거친 사나이들뿐인 만큼 '돈만 되면 네무로 따위 알 게 뭐야. 한 마리에 1,000엔 이상 하는 고래가 얼마나 좋은데!' 같은 이유로 이래저래 1년이 지나버립니다.

그런데 여기에서 변수가 생깁니다. 가족이 없는 선원

은 어찌 되었든, 네무로에 처자식이 있는 포수 고모리 야스키치 말입니다. 물론 그도 처음에는 다른 선원들과 같은 생각이었겠지요. 하지만 점점 날이 갈수록 고향을 그리워합니다. 선장은 위험을 감지하고 절대로 처자식에게 돌려보내려 하지 않습니다. 하지만 벅차오르는 감정은 억누른다고 해서 억눌리는 게 아니지요. 네무로 근처로 고기잡이를 온 틈에 마침내 포수 야스키치는 탈주하고 만 것입니다."

아즈마야의 말이 끝나자 비로소 선장이 입을 열었다.

"흠, 그렇군. 그래서 그 뒤를 쫓은 선장의 손에 의해 그런 참극이 일어난 거군. 잘 알았습니다. 참으로 훌륭한 추리요."

선장은 갑판에 서서 다시 주위를 둘러보았다.

바다에는 아직 큰 고래들이 도망치지도 않고 빙글빙글 배 주위를 돌고 있었다. 그것은 이상한 광경이었다. 체포된 포경선의 뱃머리에 있는 대포에는 큰 고래들을 맞히기 위한 두 번째 작살이 장전되어 있었다.

경험 많고 교활한 호쿠카이마루호의 선장은 그런 식으로 모이는 고래들을 쉽게 맞히기 위해 금지된 새끼 고래 포획을 오랫동안 야스키치에게 명령했던 것이다.

새끼 고래가 있는 어미 고래는 느리다. 1년 전의 야스키치처럼 아이를 놓고 떠나가 버리는 일은 절대 하지 않는다.

(『신청년』 1936년 10월호)

그 옛날에도 본격 추리소설의 본질을 꿰뚫어 본 작가가 있었다!

"오사카(게이키치)의 작품은 에드거 앨런 포로 시작되어 아서 코난 도일에 의해 더 대중적으로 완성된 단편 추리소설의 순수한 정통을 계승하는 것이다. (중략) 일본의 어떤 기존 작가가 이렇게까지 순수하게, 이렇게까지 꿋꿋하게 정통 단편 추리소설에 대한 애정과 이해를 보여줬을까. 어떤 작가가 이렇게 이지(理智) 추리소설의 골격을 깊이 이해하고 실천했을까."

에도가와 란포가 쓴 오사카 게이키치의 첫 단행본 『죽음의 쾌속선』 서문의 일부다. 에도가와 란포가 누구인가. 일본 추리소설의 아버지라 불리는 에도가와 란포가

이 정도로 애정을 가지고 극찬한 작가라면 그 미래가 아주 창창할 것 같지만, 그 시대의 많은 작가들이 그랬듯 오사카 게이키치는 33세라는 젊디젊은 나이에 세상을 떠나고 말았다.

에도가와 란포의 말처럼 오사카 게이키치는 제2차 세계대전 이전(전전)의 추리소설에서는 보기 드물게 탐정이 수수께끼 같은 사건을 논리적으로 풀어나가는 본격 추리소설을 많이 남겼다. 지금의 기준으로는 조금 부족할지 모르지만 치밀하게 트릭을 구성한 작품들이다. 소재 역시 얼굴 없는 시신, 증발한 인간, 밀실, 사라진 족적, 암호처럼 전통 추리소설에 등장하는 것들이다. 어쩌면 오사카 게이키치는 말 그대로 전전에 '정통' 본격 추리소설을 쓴 유일무이한 존재였을지도 모른다. 하지만 그래서 오히려 당시에는 작품이 너무 평범하다거나 스토리가 단조롭다는 평가를 받으며 큰 인기를 끌지는 못했다.

당시에는 에도가와 란포, 요코미조 세이시 등으로 대표되는 괴기스럽고 환상적인 분위기의 미스터리가 주류를 이뤘다. 참고로 그 후에 한때 일본에서 크게 유행한 사회파 추리소설이 등장했다. 사회적인 문제를 심도 있게 다루는 이 사회파의 대표적인 작가가 바로 마쓰모토 세이초다. 그리고 한편에서 다시 탐정이 논리적으로 사건을 해결하고 범인을 찾는 추리소설 본연의 모습으로 돌아가자는 움직임이 일었다.

아마도 오사카 게이키치가 작품 활동을 하던 시기에는 기이한 사건을 다루는 그로테스크한 분위기의 추리소설이 인기를 끌었기 때문에 이와는 대조적인 분위기의 작품은 크게 주목받지 못했던 것 같다. 트릭을 풀어나가는 본격 추리소설이 다시 주류가 되는 시대까지 오사카 게이키치가 살아 있었다면 분명 그에 대한 평가도 훨씬 높아졌을 것이다. 특히 지금은 행방을 알 수 없는, 징집되기 전에 스승이었던 고가 사부로에게 맡겼다고 전해지는 그의 장편 추리소설의 존재를 생각하면 더욱더 아쉬움이 크다.

그나마 다행인 것은 미스터리 문학 평론가 나카지마 가와타로, 소설가 아유카와 데쓰야 등이 한때 사람들의 기억에서 사라졌던 오사카 게이키치를 재조명하면서 국서간행회, 소겐추리문고, 론소샤에서 작품집이 간행되었다는 사실이다. 이렇게 재조명을 받게 된 오사카 게이키치는 지금은 전전 최고의 단편 추리소설가 중 한 사람으로 평가받고 있다.

물론 오래전에 쓰인 작품인 만큼 최신 기술 등을 이용하는 트릭을 보여주지는 않지만, 생각보다 촌스럽지도, 트릭이 허술하지도 않기 때문에 오히려 '그 옛날에 이런 추리소설을 썼다고?'라는 생각이 들 정도다. 그래서 본격 추리소설로 유명한 일본의 젊은 작가들이 자주 언급하는 작가이기도 하다. 그런 의미에서 분명 추리소설이라고 하는데 곁가지에 지나치게 치중한 나머지 딴 길로 새는 내용이 많아 실망한 적이 많다면, 어려운 수수께끼가 던져지고 천재적인 탐정이 등장해 사건을 해결하는 정통 추리소설이 취향이라면, 꼭 한 번 오사카 게이키치의 작품을 읽어보면 좋겠다.

처음은 오사카 게이키치의 선배라고도 할 수 있는 에도가와 란포의 말로 시작했으니 마지막은 후배, 그것도 본격 추리소설의 후배라고 할 수 있는 두 추리소설가의 말로 끝내려고 한다.

"전전의 작가를 소개하는 앤솔러지를 펴보면 반드시 오사카의 작품이 등장한다. 대부분 지금 읽어도 깜짝 놀랄 만한 트릭을 사용한 걸작이다."

- 『밀실 대도감』, 『월광 게임』의 작가 아리스가와 아리스

"전전의 일본에 이렇게 센스 있는 본격 추리소설이 있었다니, 기적 같다."

– 『요리코를 위해』, 『노리즈키 린타로의 모험』의 작가 노리즈키 린타로

| 작가 연보 |

1912년 3월 20일에 아이치현 미나미시타라군 신시로초(현 신시로시)의 료칸 '스즈키야(鈴木屋)'를 운영하는 집안의 장남으로 태어남. 본명은 스즈키 후쿠타로.

1931년 도쿄에서 니혼대학 상업학교(야간, 현재의 니혼대학 제1고등학교)를 3월에 졸업. 사카가미 란키치(坂上蘭吉)라는 필명으로 『중앙공론(中央公論)』의 현상소설에 응모하지만 낙선. 고향으로 돌아옴.

1932년 추리소설을 쓰면서 필명을 '오사카 게이키치(大阪圭吉 또는 大坂圭吉)'로 바꿈. 『해돋이(日の出)』 창간호 현상소설에 응모한 「식인 목욕탕(人喰い風呂)」이 가작으로 당선되지만 활자화되지 않음. 『신청년(新青年)』 10월호에 추리소설가 고가 사부로의 추천으로 게재한 「백화점의 교수형 집행인」으로 작가 데뷔. 추리소설가들이 맹활약을 펼친 잡지 『신청년』과 추리소설 전문 잡지 『프로파일(Profile)』을 중심으로 단편 추리소설을 발표.

1934년 이 시기부터는 수수께끼 해결에 유머와 페이소스를 가미한 자신만의 개성을 발휘. 대표작 중 하나인 「장례식 기관차(とむらい機関車)」(『프로파일』 1934년 9월호)도 이 시기의 작품.

1935년 3월에 마사코(雅子)와 결혼.

1936년 3월에 장녀 태어남. 6월에 「칸칸충 살인사건(カンカン虫殺人事件)」, 「미친 기관차(気狂い機関車)」 등이 수록된 첫 단행본 『죽음의 쾌속선(死の快走船)』 발간. 첫 단행본에는 에도가와 란포와 고가 사부로의 서문이 실렸고, 6월에 긴자에서 출판 기념회도 열림. 이 행사에는 에도가와 란포, 고가 사부로, 오시타 우다루(大下宇陀児), 기기 다카타로(木々高太郎), 운노 주자(海野十三) 등의 거물급 작가들도 참가하여 작가로서의 지위를 착실히 구축. 7월부터 『신청년』에 유망한 신인 작가가 6개월 연속으로 단편소설을 기고하는 기획에 도전. 이때 발표한 「세 명의 미치광이(三狂人)」, 「백요(白妖)」, 「꼭두각시 재판(あやつり裁判)」, 「긴자 유령(銀座幽霊)」, 「움직이지 않는 고래 떼(動かぬ鯨群)」, 「추운 밤이 걷히고(寒の夜晴れ)」 등 여섯 작품은 제2차세계대전 이전 시기를 대표하는 본격 미스터리 걸작으로 높은 평가를 받고 있음. 8월부터 신시로초 서기보로 근무.

1937년 5월에 가진 것을 모두 쏟아부은 것 같은 역작 중편 「탄굴귀(坑鬼)」를 『개조(改造)』에 발표. 6월에 장남이 태어남.

1938년 중일전쟁의 발발(1937년)로 급속하게 전시체제에 돌입하면서 추리소설 발표가 점차 어려워짐. 그래서 동시대의 많은 추리소설가들처럼 유머소설이나 스파이 소설 등을 집필. 11월에 도요하시직업소개소로 전직.

1942년 7월에 가족과 함께 도쿄로 올라감. 문학단체 일본문학보국회에서 근무.

1943년 1월에 일본문학보국회 회계과장이 됨. 2월에 차남이 태어남. 태평양전쟁이 격화되면서 8월 3일 징집되어 만주로 출정.

1945년 봄에 필리핀 루손섬 상륙. 마닐라로 집결하라는 명령을 받고 도보로 이동하던 중 상처가 제대로 낫지 않은 상태에서 영양실조와 말라리아로 고생하다가 병사했다고 전해짐. 공식적으로는 7월 2일에 전사했다고 되어 있지만, 실제로 병사한 날짜는 9월 20일 전후라고 함(향년 33세).

옮긴이

이현욱

일본어 전문 번역가 모임 '쉼표온점'의 멤버. 성균관대학교 국어국문학과를 졸업하고 일본 쓰쿠바대학교 대학원 인문사회과학연구과에서 무라카미 하루키 『태엽 감는 새 연대기』 관련 논문으로 석사학위를 받았다. 이화여자대학교 통역번역대학원 통역학과에서 석사학위를 받고 현재 프리랜서 일본어 통번역가로 활동 중이다. 옮긴 책으로는 『하루키는 이렇게 쓴다』, 『벚꽃나무 아래』(공역), 『심야의 손님』(공역), 『아마 사랑일지도』(공역) 등이 있다.

장인주

일본어 전문 번역가 모임 '쉼표온점'의 멤버. 일본 도쿄에서 태어나 글로벌 교육을 받고 자랐다. 연세대학교 불어불문학과를 졸업한 후 바른번역 글밥아카데미를 수료했다. 현재 한국과 일본을 오가며 일본 도서 기획 번역가로 활동하고 있다. 옮긴 책으로는 『기침을 해도 나 혼자 그리고 고양이 한 마리』, 『하루 하나씩 나에게 들려주는 긍정 메시지』, 『심야의 손님』(공역) 등이 있다.

하진수

일본어 전문 번역가 모임 '쉼표온점'의 멤버. 서울여자대학교에서 문예창작과 언론영상학을 복수 전공했다. 졸업 후 편집과 기획 일을 하다 번역의 매력에 빠져 바른번역 글밥아카데미 일본어 출판 번역 과정을 수료하고 현재 일본 도서 기획 번역가로 활동하고 있다. 옮긴 책으로는 『나는 심플하게 살기로 했다』, 『크리티컬 씽킹』, 『라멘이 과학이라면』, 『생각 정리 습관』, 『벚꽃나무 아래』(공역), 『심야의 손님』(공역), 『아마 사랑일지도』(공역) 등이 있다.

한진아

일본어 전문 번역가 모임 '쉼표온점'의 멤버. 인하대학교 정보통신공학과를 졸업 후 직장 생활을 하다 일본어와 일본 문화에 관심이 생겨 번역가의 길을 걷게 됐다. 바른번역 글밥아카데미 일본어 출판 과정을 수료하고 현재 전문 번역가로 활동 중이다. 옮긴 책으로는 『이 지옥을 살아가는 거야』, 『인공지능이 인간을 죽이는 날』, 『원하는 대로 산다』, 『심야의 손님』(공역), 『아마 사랑일지도』(공역) 등이 있다.

위북은 '함께'의 '가치'를 소중하게 생각합니다.
독자 여러분들의 소중한 의견이나 투고 원고는
we-book@daum.net으로 보내주시기 바랍니다.

오사카 게이키치 미스터리 소설선

침입자

ⓒ 위북, 2022

초판 발행일 2022년 4월 20일

지은이   오사카 게이키치
옮긴이   이현욱 장인주 하진수 한진아

만든 사람들
편집주간   추지영
디자인   강민경
마케팅   페이지원
지원   김익수 김태윤 정현주 조이량
제작총괄   안종태
물류   북앤더

펴낸이   강용구
펴낸곳   위북(WeBook)
출판등록   2019. 10. 2 제2019-000271호
주소   서울시 마포구 포은로8길 29 105호
전화   02-6010-2580
팩스   02-6937-0953
이메일   we-book@naver.com

ISBN   979-11-91618-09-9 (03830)